Die Legende von Azfareo

Im Dienste des blauen Drachen

1

iki Chitose

Die Legende von Azfareo

Im Dienste des blauen Drachen

Inhalt

In einem separaten Gebäude des Königspalasts lebt ein temperamentvoller Drache.

Das Land Azfareo genießt den Schutz der Drachen.

Kling

Kling

Kling

Mädchen!

Der König scheut keine Kosten ...

... um für seine Pflege junge Mädchen aus den umliegenden Dörfern zu holen.

Kling

Kümmere dich so um ihn, wie ich es dir erklärt habe!

Das ist ...

ZITTER
ZITTER

ZITTER
ZITTER

Schluck

Sst

Ich bin Rukul ...

... Tochter einer Familie von Prieste-rinnen ...

Mit Eurer Zustim-mung ...

... werde ich mich von nun an um Euch kümmern.

... aus dem Dorf Cadias.

Während seiner Pflege wirft sie sich ein altes Tuch um die Schultern.

Badumm

Drachen-schuppen sind so scharf, dass sie sich als Waffe verwenden lassen.

Ich hab Angst ...

Schrubb   Schrubb

Grll rll rll rll

Pass ge-fälligst besser auf!

Ver-flucht!

...!

Ich hab mich ge-schnitten!

Ritsch

Ah!

Ah!

Tapp

B... Bitte ent-schul-digt!

Knurrr

Raus mit dir!

»Schwester Mileas«

Ich bin zu nichts gut.

Poff

Kram

Ähm ...

Rukul ...

Das gebe ich Euch wieder.

Eure Medizin neulich hat mir sehr geholfen!

Vielen Dank!

Schwester Mileas Weissagung von neulich ging ebenfalls in Erfüllung.

Klack

Rukul ...

Wieso bist du nicht wie deine große Schwester Milea?

Meine Medizin ...

Krrt

Krrt

... hat wohl nicht gewirkt.

Ich werde die Mischung etwas verändern.

Nanu?

Er hat bemerkt, dass ich mich verletzt habe?

B... Bitte vergebt mir.

... bitte noch einmal versuchen.

Also lasst es mich ...

Kann es sein ...

... dass er sich um mich sorgt?

Klammer

Ab sofort ...

... werde ich besser aufpassen.

G r r r r

Staun

Wickel dich gut in das Tuch ein.

Es ist aus dem Haar meiner Mähne ge- woben.

Tss!

In Ord- nung.

Es mag sich rau anfühlen, aber es ist vor allem robust ...

... und wird dich vor Verlet- zungen schüt- zen.

Du. Toll. patsch!

In letzter Zeit ...

Plitsch

... hat es kaum ge-regnet.

Klonk

Plitsch

Du darfst ihm nicht vertrauen!
Sieh dir das an!
Dieser Bannkreis soll verhindern, dass ich fliehe.
Krrk
Ein König tut so etwas nicht.
Lei-det …
… Julius etwa?
Ich …
…
Zuck
Julius?

Was ...

... wollte er gerade sagen?

Geh! Das genügt für heute!

Julius ...

Swusch

Nicht schon wieder!

Wa- rum ..?

Geh!

Warum seid Ihr nur so ein Dick- schädel?!

Wie Ihr wünscht ...

むわ... Dampf

Was ist das für ein Grunzeug?!

Was zum ..?!

Die-ses Mäd-chen ...

Bomm

Wa-rum?!

Und auch der Drache soll sich gut er-holt haben.

... hat schon drei Mo-nate ...

... durch-gehal-ten.

Hah

Hah

Majestät ...

Warum hat es dann noch nicht gereg-net?!

Und ich be-komme nicht halb so viele Ge-schenke wie mein Vorgän-ger!

Klirr

Hah

Julius
...

Hah

Hah

...
aber der
»Schutz des
Drachen« war
wohl doch nur
ein Aber-
glaube.

Ich dachte,
dieses Land
würde sich
erholen
...

...
wenn ich
mich um die-
sen Drachen
kümmere
...

Plitsch

Rukul!

Ja?

...

Dann
gibt es keinen
Grund mehr,
ihn am Leben
zu lassen!

Die Balliste!

Geh, Mädchen! Für heute bist du hier fertig.

Julius?!

Zitter

...!

Ich reiß dich in Stücke!

Beb

Beb

Knarz

Nun ja!

Weil dieses nervige Knurren bis in den Palast zu hören ist ...

Was habt Ihr damit vor?

?!

Majestät!

... wollte ich mir ein wenig Ruhe verschaffen.
Schauder
Blitz
Das muss ich ver-hindern!
Bamm
?!
Krach
Ver-flucht!
Domp
...!
Rukul!

Blinzel

Silbrig
blaues
Haar
...

Einst wurde mit
einem Drachen aus
diesem Land ein Pakt
geschlossen.

Nur die
königliche Familie
und eine kleine An-
zahl von Menschen
wissen um dieses
Geheimnis.

Kapitel 2

Über die Drachen von Azfareo

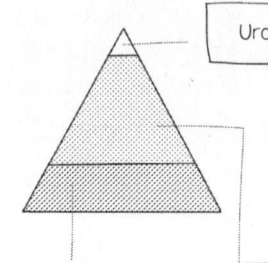

Urart

Langlebige (hundert Jahre oder länger lebende) Riesendrachen (30–50 Meter oder länger), die sich den Menschen nicht zeigen. In ihrem Körperinneren lodern Flammen.

Wild lebende Art

Kleinwüchsige Art (Lag)

Diese Art hat menschlichen Kontakt und besitzt in etwa dieselbe Intelligenz und Lebensdauer wie ein Mensch. Die menschliche Sprache beherrschen nur wenige, sie können sie aber verstehen (wie große Hunde).

Benutzt hauptsächlich die Drachensprache (die menschliche kann sie jedoch verstehen). Einige können die menschliche Sprache sprechen, andere nicht. Die wild lebende Art ist kleiner als die Urart, gewalttätig und gibt sich (wie Löwen oder Wölfe) normalerweise nicht mit Menschen ab.

Gilda ist ein sogenannter Antique Dragon, gehört zu den Kleinsten der wild lebenden Art und kommt der Urart sehr nahe. Sie sitzt gern auf Reyns' Schulter.

Aus Kapitel 3

Fruchtbarkeitsflagge

Diese Flagge wird in Azfareo bei Festen gehisst. In der Mitte befindet sich eine Flamme, um die herum Drachenschuppen kreisförmig angeordnet sind. Den äußersten Kranz bildet Wilder Wein (eine Pflanze) als Symbol für Wohlstand.

Brüll

Un-
glaub-
lich!

Wie
lange
bist du
nun schon
hier?!

Ver-
gebt
mir!

Ich
hab mich
ein bisschen
verlaufen
...

Jawohl!

Ich habe
die Aufgabe
...

Blitz

Präg dir
gefälligst
den Grundriss
des Palasts
ein, wenn du mich
schon pfle-
gen willst!

Tock

...
mich
um Julius'
Schuppen-
pflege zu
kümmern
...

... und sein Essen zu- zubereiten.

Klack

Klack

Mach dir nicht so viel Arbeit.

Pling

Viel- leicht kann ja auch ...

... eine be- stimmte Spei- se den Fluch aufheben.

Der Fluch ...

Ich mach das gern!

Vor einer Weile ...

... wurde Julius kurz von dem Fluch erlöst und verwandelte sich in einen Menschen zurück,

Doch warum dies geschah ist völlig unklar.

Aber ...

»Du bleibst bei mir«

... hat er mir ein Zuhause geschenkt und ich will mich ...

... an jenem Tag ...

... revanchieren.

Ähm ...

Ob er etwas ahnt?

Die Kraft eines Drachen ...

Glüh

Puh ...

... aber zwischen uns liegen Welten.

Im Dorf hab ich eine Ausbildung zur Priesterin genossen ...

Wisch

... kann sogar das Wetter beherrschen.

Julius' Gesundheit hat einen direkten Einfluss auf die Erde.

Wisch

... die Landschaft von Azfareo sieht?

Ob Julius gerade vor seinem inneren Auge ...

Starr

Konzentrier dich gefälligst auf deine Arbeit!

Krck

Ah!

Ein Schuppensplitter!

Verzeihung!

Grr

Tsink

Nicht zu fassen ...

Klack

... dass dieses Mädchen Bescheid weiß und sich um Euch kümmert, Euer Majestät.

Auch wenn es nicht zu ändern ist, sehe ich es ungern ...

Kann ich Euch irgendwie helfen?

Nicht nötig!

... ist ein großes Geheimnis, das nur hochrangige Personen kennen.

Alles gut.

Aber ...

... dass unser König die Gestalt eines Drachen hat ...

Tschick

... also verschwinde endlich!

Bei den Regierungsgeschäften zu helfen ist Aufgabe eines Elders ...

Bamm

König
»Befehl«

Lord Reyns ist ein sogenannter Elder ...

Elder

... und eine hohe Persönlichkeit, die zwischen dem Drachen und den Staatsmännern steht.

»So lautet der Befehl«

Politiker

Er hat mich ausgeschimpft.

Um einen Aufruhr der Untertanen zu vermeiden ...

... und die Drachenkräfte vor dem Ausland geheim zu halten ...

... darf ich niemandem sagen, dass der König die Gestalt eines Drachen hat.

Tock

Ah, hier!

Ähm
...

Wegen Julius' Mahlzeit
...

Vielleicht gekochtes Huhn mit Bohnen?

Wo ist die Speisekammer?

Lins

Er war lange in der Kälte
...

Daher etwas leicht Bekömmliches bitte.

... und ist noch immer ein wenig kränklich.

Was ?!

Als seine Pflegerin ...

... musst du auf deine Manieren achten!

Und nenn ihn gefälligst Seine Majestät!

Ein so schlichtes Mahl
...

... kann ich ihm nicht servieren!

Huhn mit Bohnen ist was für das einfache Volk!

Zack

Zupp

Ich schaff das!

Als Außenstehende hab ich keine Ahnung von den höfischen Gepflogenheiten.

Jawohl.

Ähm –

Ich werde einfach ...

... immer mein Bestes geben, um alles zu lernen.

Wo ich alles finde ...

Die korrekte Anrede ...

Besorg sie! Geld spielt keine Rolle.

Hier geht es um die Mahlzeit Seiner Majestät!

Es fehlen Heilkräuter?

Wir haben Lieferschwierigkeiten ...

Zupf

Zupf

!

Kräuter?

Wildkräuter?

Ja!

Als Ersatz für teure Heilkräuter.

Wildkräuter hätte ich hier ...

Raschel

Lord Reyns!

Ich bin hier, um Euch ...

... zu pflegen, Euer Majestät.

Zuck

... dass diese Anrede ...

... vielleicht angemessener ist.

Lass das bleiben!

Was soll das werden ?

Ich dachte ...

?

Bleib, wie du bist!

Als meine Pflegerin bist du kein Vasall!

Julius ...

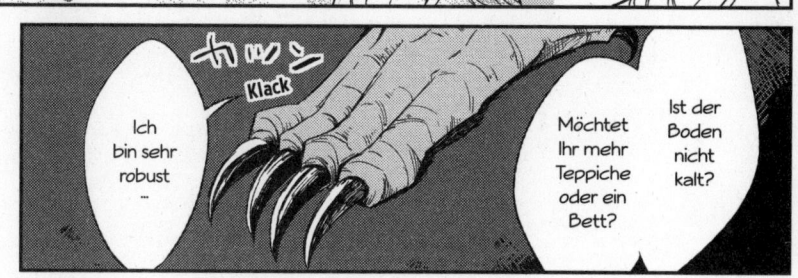

Klack

Ich bin sehr robust ...

Möchtet Ihr mehr Teppiche oder ein Bett?

Ist der Boden nicht kalt?

Zuck
Was machst du da?
Oh … Lord Reyns!
Es ist ja schon dunkel.
Ich werde mich zurückziehen!
Tapp
Tapp
Tapp
Tapp
Sst
Lord Reyns …
Ist sie nicht ein Störfaktor?

Sobald sie ...

... einen Fehler macht ...

Sobald sie einen Fehler macht, können wir sie ... zur Verantwortung ziehen.

Unser Land befindet sich in einer wichtigen Erholungsphase ...

... bei der dieses Mädchen keine Rolle spielen sollte.

Ist das nicht zu schwer? Soll ich dir beim Tragen helfen?

Was?!

Ich hab zu wenig geschlafen.

Ruku!

Ich muss mich zusammenreißen!

Also dann!

Erkenne ich da einen Hauch von Anerkennung?

Strahl

Vielen Dank!

Ich darf nicht ins Zimmer ...

... aber bis zur Tür kann ich dich begleiten.

Ich bringe Eure Mahlzeit!

Klopf Klopf

Lord Reyns!

Ihr seid hier?

Knarz

Klank

Guten Appetit!

Happs

Mampf
Mampf

Funkel

Zuck

...der Waren in den Geschäften unserer Stadt an...

Euer Majestät!

Heute Nachmittag steht die Überprüfung...

... und dann ...
Öchö
Öhö
Euer Majestät?!
Öhö
Julius!!
Öhö
Tapp
Öchö
Was ist mit Euch ?!
Öhö

Blut
?!

Tropf
Tropf
Tropf

Nein! Es ist anders angerichtet!

Öhö

Ist das Essen schuld?!

Aber ich hab's doch richtig zubereitet.

...!

Ah!

Hah

Hah

Schepper

Kyah
?!

Pack

Wieso
...?!

Jemand hat etwas verändert!

Bitte spült Euch den Mund aus!

Ver-
flucht!

Du willst
den König
ermor-
den?!

Öhö

!

Du willst
mir wohl
entwi-
schen!

Bitte
lasst mich
los, Lord
Reyns!

Nein!

Öchö

Öchö

Nein!

Du bist für die Mahlzeiten verantwortlich.
Kein anderer wäre dazu in der Lage gewesen.
Ich schwöre ...
... ich war das nicht!
Aber es ist ...
... meine Pflicht, eine untadelige Mahlzeit zu servieren.
Nachdem ich Julius geheilt habe ...
... werde ich jede Strafe akzeptieren.

Klank

... für ein Geruch?

Was ist das ...

Flapp

Flapp

Flapp

Flapp

Gilda?!

Kcchh

?!

...

Uuuh!

Bitte verzeiht mir, Lord Reyns!
A... Auch Ihr wolltet doch ...
... dieses Mädchen loswerden!
D... Daher wollte ich ...
... dieses Mädchen ...
Und dafür hast du ...
... Seine Majestät vergiftet?
Ihr missversteht mich!
Gara hat es genauso gemacht!
Er hat sich beim König eingeschmeichelt und das Land dann von innen heraus ruiniert.
Dieses Mädchen bedeutet Unheil!
Ich werde sie auf der Stelle ...

86

Reyns!
Jawohl!
Ich selbst bin für diesen Vorfall verantwortlich.
Ich werde dafür sorgen, dass mein Hofstaat sich in Zukunft keine Sorgen um mich machen muss ...
... und zähle auch weiterhin auf dich!

Kapitel 3

In meinem kleinen Dorf ...

... gab es keine so großen Feste.

Und deswegen bin ich so glücklich, bei den Vorbereitungen helfen zu können!

Das Fest ...

Pah!

Auch wenn's ein offizieller Anlass ist.

... ist doch nicht anders als andere.

So etwas kenne ich nur vom Hörensagen!

Bitte erzählt mir mehr darüber!

Habt Ihr auch mal angestanden...

Freu

Freu

Strahl

Es gibt Buden, Masken werden verkauft...

... und die Kinder bekommen Süßigkeiten!

Strahl

Ob er damals...

... noch seine menschliche Gestalt hatte?

Oh!

... als Kind?

Rukul ...
Geh auf das Fest.
Was ?!
ガルルル
Grrr
Sieht man mir so sehr an, wie gern ich hin-möchte?
Bitte versteh mich nicht falsch.
Als meine Pflegerin solltest du ...
... unser Land besser kennen-lernen ...
... und man-ches muss man einfach selbst er-leben.
Ist gut!

Obwohl wir den König nie zu Gesicht bekommen ...

Sie ist wunderschön!

... zeigt uns die Art der Blüte, was für ein Mensch er ist.

Dieses ganze Auferstehungsfest ist doch Blödsinn!

Schepper

Daher hielten wir sie für reinen Aberglauben!

Unter König Gara hat sie überhaupt nicht geblüht!

Ha ha ha ha

Er hatte bestimmt nur vor Gara die Hosen voll und ...

Wer kann denn schon bezeugen, dass Seine Majestät ...

Hick

Hick

Torkel

Torkel

... hat nur auf einen günstigen Moment gewartet, um rauszukommen.

... überhaupt weggesperrt war?!

Pah!

Da er mit Laleas handelt ...

Du bist betrunken!

Schwank

... hatte er viel Ärger, als sie nicht geblüht haben.

Bitte entschuldige!

Papa!

Jetzt erst ...

... fangen sie an zu blühen.

So viele Laleas!

In der Festnacht blühen besonders viele!

Oh Mann!

Hör auf dich zu besaufen!

Pah!

Diese Blumen ...

Du hattest doch gesagt, du willst dir noch mal richtig Mühe mit deinem Geschäft geben!

...
werden aufhören zu blühen, sobald der König es sich wieder anders überlegt.

Solange Julius König ist ...

Das wird nicht passieren!

...
werden diese Blumen ganz sicher weiterblühen!

Hallo, freut mich euch kennenzulernen. Ich bin Shiki Chitose.

Das ist mein erster Manga und ich freue mich wahnsinnig!

Bleibt doch bitte bis zum Ende dabei!

Ganz genau!

In diesem Jahr ...

... sind die Laleas viel schöner und größer als je zuvor!

Wirklich?

Macht euch keine Sorgen!

Hast du doch selbst gesagt, Mann!

Pah!

Du bist echt blöd, Papa!

Auf einmal ist es stockdunkel!

Die Zeit vergeht wie im Flug!

... von Staub ...

... Hitze ...

Wamm

... und der freudigen Erregung der Menschen.

Oh!

Das Feuerwerk fängt an!

Wamm

Wamm

Julius hat völlig recht.

»Manche Dinge muss man einfach selbst erleben.«

Ob man das Feuerwerk auch vom Palast aus sehen kann?

Es ist so toll ...

Es gibt so viele Dinge auf der Welt,

Lass uns von dort zusehen!

Wie schön!

... und ich bin total überwältigt.

von denen ich nichts weiß.

Ich bin so froh, dass du jetzt bei mir bist!

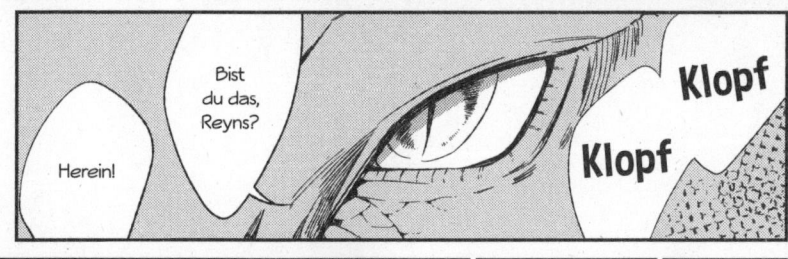

Bist du das, Reyns?

Herein!

Klopf

Klopf

Was ...

Hi hi hi!

... machst du denn hier?

Zuck

...!

Ent-schuldigt die Stö-rung!

Knarz

Kling

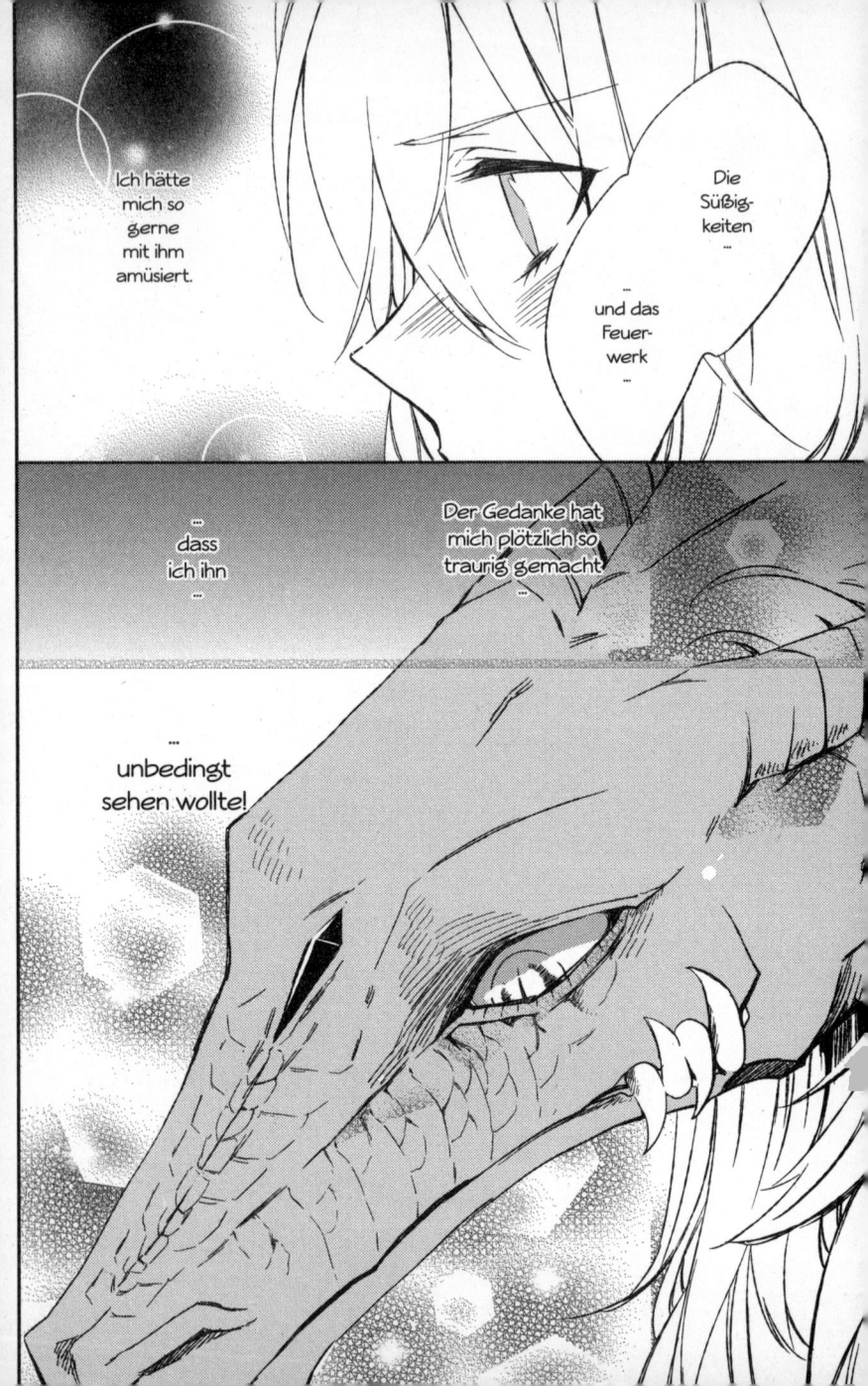

...
über
...

Wie leicht dir ...

...
die Lippen kommen.

...
diese Worte
...

...
noch schöner sein als sonst.

In diesem Jahr sollen die Laleas ...

Für Euch, Julius!

Die Klänge vom Fest tun richtig gut!

Diese Blume gewinnt erst an Bedeutung ...

... ganz bestimmt, Julius!

Ihr schafft das ...

... wenn ihre Blüte von Dauer ist.

So eine Nacht ...

Ha ha

... ist gar nicht mal so übel.

Kapitel 4

... und können sich so mit Proviant für ihre Reisen versorgen. Und das hilft ihnen sehr ...

... sagen sie.

Tropf

Aber dank Seiner Majestät dürfen die fliegenden Händler jetzt wieder Handel in der Stadt treiben ...

Früher war so etwas schwer zu bekommen.

Psch a a a a a

Waaah!

Nur die Wetterumschwünge ...

... zu denen es ab und an kommt, bereiten mir Sorgen.

Räumt die Waren von der Straße!

Ob es stimmt ...

Ich habe alles durchforstet ...

... dass Julius' Zustand Einfluss auf das Wetter hat?

Tropf

... von Julius' Fluch beitragen.

Aber ohne ...

... Erfolg!

Ich hatte gehofft, ich kann dadurch ein kleines bisschen zur Aufhebung ...

... Überlieferungen ...

... Märchen ...

... und Zauberbücher ...

... um mehr über die Drachen von Azfareo zu erfahren.

Ich würde mich wahnsinnig freuen, wenn ihr mir eure Meinung zu diesem Manga schreibt!

Ich erwarte sehnsüchtig euer Feedback. ☺

Altraverse GmbH
»Shiki Chitose«
Phoenixhalle I
Ruhrstraße 11a
22761 Hamburg

So, das wär's, Julius!

Für heute bin ich mit der Schuppenpflege fertig.

Klack

Diese Arzneimischung ...

... bekommt Euren Schuppen sehr gut ...

... und vereinfacht ihre Pflege.

Ja.

Das ging aber schnell.

Du kennst dich aber gut aus.

... und nach diesem Vorbild entfaltet vielleicht auch das zerstoßene Steinsalz als Zutat beim Polieren seine Wirkung.

Seltenes Erzeugnis aus dem Salzsee

Ach! Noch was!

Drachen, die in Wüstenregionen leben, polieren sich ihre Schuppen wohl im Sand

Wälz

Wälz

In der Stadt gibt's was Neues!

Sonst reden wir länger miteinander.

Du darfst gehen.

Hm ...

Und hepp!

Du gehst schon?

Ja.

Ich muss noch was erledigen.

Plitsch

Badamm

...

... Abend- essen!

Bis zum ...

Endlich Pause!

Vorbereitungen

Wäsche

Puh ...

Flapp

Ich hatte gehofft ...

... etwas über Julius' Fluch zu finden ...

... aber da ist nichts!

Hach

Und alles, was in den Büchern steht ...

... wird Lord Reyns sicher längst gelesen haben.

...könnte ich...

Aber, wenn der Fluch erst einmal aufgehoben ist

...dann noch an Julius' Seite bleiben?

Könnte ich doch bloß mehr tun.

Oh nein!

Klank

Tick

Tick

Ah!

Tick

Tick

Bonk

Tick

Zeit für Julius' Abendessen!

Tapp

Tapp

Tapp

Verzeiht, dass ich zu spät bin!

Patam

Grrr

Schluck

Du bist recht knapp dran, aber pünktlich.

Er schimpft ja gar nicht ...

Nanu?

ich werde in Zukunft besser aufpassen.

Ich war so in mein Buch vertieft, aber ...

Buch?

Nur sonst bist du immer zu früh ... und quasselst mich voll.

Ja!

Hast du etwas Spannendes gelesen?

Oh!

Vergiss es!

Was?

War es besser, als bei mir zu sein?

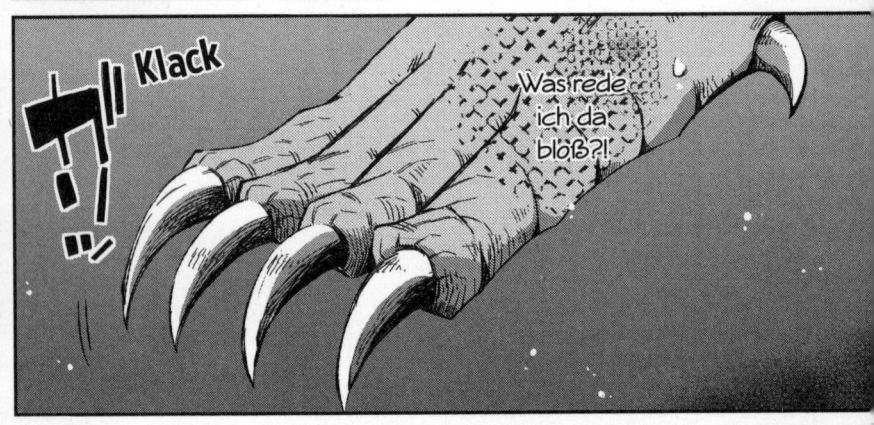

Klack

Was rede ich da bloß?!

Julius ...

Wie fühlt Ihr Euch?

Du ...

Drau- ßen ...

... regnet es noch immer.

Pschaaa

Ent-schuldige.
So habe ich das nicht gemeint.
Lass mich allein.
Ich werde mich jetzt ums Wetter kümmern.
Komm für eine Weile nicht mehr her.
Du möch-test doch bestimmt mehr Zeit zum Lesen haben.
Oh!

Glüh

Wollt Ihr
Euch nicht
ein wenig aus-
ruhen, Euer
Majestät?

Es ist
nicht leicht,
die Drachen-
kräfte zu kon-
trollieren.

Murmel

... kauft Medizin ...

... und ...

... fegt den Hof ...

Sie putzt Gemüse in der Küche ...

Was treibt eigentlich Rukul?

Dieses Mädchen ...?

Er weiß alles, was im Palast vor sich geht.

... leiht sich in letzter Zeit regelmäßig Bücher aus der Bibliothek aus.

Bücher?

Ja, wohl alles Bücher über Drachen.

Zuck
Ruht Euch doch erst mal aus, Euer Majestät.
Ah …
Wenn es weiter-regnet …
… leidet die Ernte.
Meine momentane Aufgabe ist es, den Regen zu stoppen.
Ich frage mich …

Ich wollte nicht, dass du dir Sorgen machst.

Er wollte gar nicht, dass ich wegbleibe ...

Ja.

Offensichtlich nicht.

Auf keinen Fall!

Ich dachte, du kommst nicht mehr ...

... weil du es leid bist, mich zu pflegen.

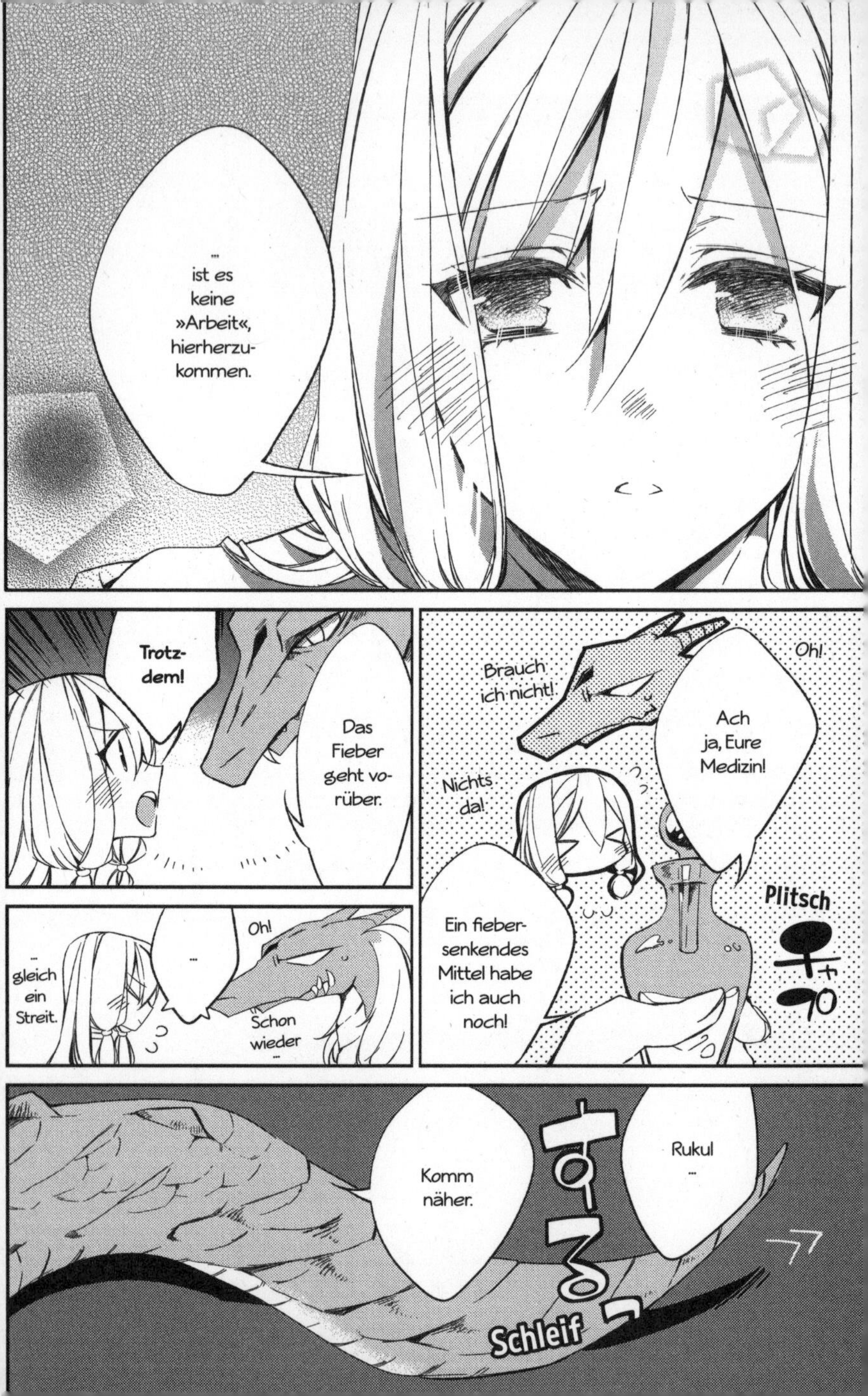

... ist es keine »Arbeit«, hierherzukommen.

Trotzdem!

Das Fieber geht vorüber.

Brauch ich nicht!

Oh!

Ach ja, Eure Medizin!

Nichts da!

Ein fiebersenkendes Mittel habe ich auch noch!

Plitsch

... gleich ein Streit.

Oh!

Schon wieder ...

Komm näher.

Rukul ...

Schleif

Bitte werdet schnell wieder gesund.

müsst Ihr

bitte neh- men!

Oh! Aber die Medizin

... kostbarer als alles andere.

... ist die Zeit mit Euch ...

Die Legende von Azfareo ① - Ende

Die Legende von Azfareo

Im Dienste des blauen Drachen

2

Shiki Chitose

Band 2 ist
erschienen!

Die
Legende
von Azfareo

Im Dienste des blauen Drachen

Tief im Inneren dieses herrlichen Palastes ...

Kling

... liegt das Geheimnis dieses Landes verborgen.

Kling

Knurrend und mit scharfen Klauen und Fängen

... sitzt auf dem Thron ...

Die Legende von Azfareo

Im Dienste des blauen Drachen

Kapitel 5

Stümperin!

Wirst du irgendwann auch mal besser?

Hah!

Vielleicht seid ihr überrascht ...

... aber dieser Drache ...

Tut mir leid!

... unseres Landes.

... ist der König ...

Die Könige des Landes sind seit Generationen mit dem Fluch belegt ...

... sich in einen Drachen zu verwandeln, um als Gegenleistung dessen Kräfte zu erlangen.

Für die Pflege des Drachen ...

... sind schon zahlreiche junge Mädchen in den Palast gekommen ...

Ein Splitter von der zerbrochenen Schuppe!

... dass sie alle aufgegeben haben.

... doch der Drache verschreckte sie so sehr ...

1.

*Hallo!
Lange nicht
gesehen!*

Vielen Dank,
dass ihr *Die
Legende von
Azfareo* in Hän-
den haltet!

Ich möchte
denen, die
den Manga
nach Band 1
nicht vergessen
konnten, und
denen, die jetzt
erst zufällig im
Buchladen auf
ihn gestoßen
sind, den zweiten
Band mit einem
großen Danke-
schön über-
reichen!

Es wird
Zeit für Eure
nächste Auf-
gabe, Euer
Majestät.

Lord
Reynsl

...
eine
sehr hohe
Persönlich-
keit, die
den König
berät.

Lord
Reyns ist
als soge-
nannter
Elder
...

Tut mir leid,
ich räume
gleich auf!

Bald
werden
...

...
und die
Organisation
des Empfangs
sind abge-
schlossen.

Au-
ßer-
dem
...

Alle
Vorbe-
reitungen
für das
Fest
...

Klack

Rischuria

Azfareo

Lagathe

Osgard

Sie wollen dem neuen König ihre Aufwartung machen.

Auch ich werde hinter den Kulissen helfen.

... die Könige der Nachbarländer ...

... unser Land besuchen.

Gut. Ausgezeichnet.

Genau aus diesem Grund ...

... und daher ...

Diese Audienz ist das wichtigste Ereignis während der Feier ...

Auf gar keinen Fall!

Zuck

Ähm
...

Was tut eine Wächterin?

...
möchte ich Rukul zu meiner Wächterin machen.

Blitz

...
und während des Gesprächs mit den Königen, die mir ihren Gruß entrichten wollen, werde ich mich hinter drei Vorhängen aufhalten.

Dass ich ein Drache bin, ist streng geheim
...

Gesicht des Landes?!

... als das Gesicht unseres Landes gegen-übertritt.

... und stell-vertretend für den König den anderen Königen ...

Der Wächter ist ein Gefolgs-mann, der vor diesen Vorhängen steht ...

In den letzten Monaten ...

Hmpf!

So eine wichtige Rolle ...

... und die Bewohner der Stadt gelernt.

... hast du viel ...

... über den Palast ...

Ich möchte, dass du diese Aufgabe übernimmst!

Lord Reyns –

Ich werde mein Bestes geben!

Bitte
übertragt
mir den
Dienst
...

...
als
Wäch-
terin!

Hah
...

Du wirst
einen harten
Benimmkurs
absolvieren
müssen!

Jawohl!

Nicht so
grimmig
schauen!

Kinn
nach
unten!

Die
Brust
nicht
zu weit
raus!

Schultern
gerade!

170

Viel zu unnatürlich!

Du musst üben!

D...

Diese Haltung ist so ...

Beb

Beb

Beb

← Lehrerin

Jawohl!

Noch eine halbe Stunde!

Ich muss die Wäsche machen und Medizin vorbereiten.

Schwank

Ich muss auf alle Fragen der Gäste vorbereitet sein.

Donk

Mhm

Ich werde meine Aufga- be ...

... vor- bildlich erfüllen!

Am Tag des Fests

Es freut uns ...

Raun

Raun

Raun

Raun

Wir würden uns freuen, wenn Ihr Euch unser wiedergeborenes Land ansehen würdet!

Raun Raun

... Euch heute in unserem Land begrüßen zu dürfen!

Ma-jestät ...

Alles ist vorberei-tet!

Gut.

Klack

Bitte begebt Euch in den Wartesaal.

Wir werden Euch der Reihe nach in den Audienzsaal führen.

Der König des mächtigen Azfareo ...

... verfügt von Geburt an über sehr große göttliche Kräfte ...

... führen die Könige seit Generationen ein Leben im Verborgenen.

Um ihre Kräfte nicht zu verlieren ...

und schon sein Anblick soll Schutz spenden.

Und daher ...

Kriek

Hier entlang.

Bitte kommt in den Audienzsaal.

... die einzige Chance, ihn zu sehen!

... ist die Audienz ...

Klopf

Klopf

Kachak

Bitte tretet ein.
Kriii
Quie
Kriee
Badamm
Schluck
Wuooh
Will-kommen ...
Ah!
... in unserem wunderschönen Land!

Bitte nehmt dieses Geschenk an!

... die berühmten Edelsteine unseres Landes.

Das sind ...

Lins

Kram

Während der Festlichkeiten ist so etwas tabu.

Ich weiß!

Heyden ... Heute ist ...

Dodomm

Dodomm

Selbst die Vorhänge können seine überwältigende Präsenz nicht verbergen.

... es besteht kein Zweifel.

Aber ...

Es ist nur eine Geste.

Zumm

Zumm

Zumm

Zumm

Zumm

Die göttlichen Kräfte ... die über dieses mächtige Land herrschen ...
Schluck
Dodomm
Allein schon der Anblick seiner Gestalt kann ...
Dodomm
Zuck
Schwupp
Dodomm
Majestät?
Hah

... und kann Euch so viel davon schenken, wie Ihr wollt!

Ich habe den prächtigen Schmuck in Eurem Palast gesehen ...

Mit dem Schutz Eures Königs ... wäre mein Land sicher!

Wenn ich dafür ... nur einen Blick ...

Grrr

Ihr irrt Euch!

Grrr

zum Dank, dass der König dieses Land beschützt und anführt.

Dies sind alles Geschenke vom Volk ...

... verändert sich das Muster dieser Kacheln.

Wenn ich genau hinschaue ...

Auch die Ornamente sind bei näherem Hinsehen ein bisschen anders.

Das sind Geschenke.

Herr Bibliothekar!

Das muss ich untersuchen!

Wie
dieses
Mädchen
gesagt
hat
...

...
wurde
dieser Palast
auf der Liebe
unseres Volkes
erbaut
...

...
und ist
der Stolz
dieses
Landes.

Grmpf

Und so
...

...
Rukul!

...
ging das Fest
erfolgreich
zu Ende.

Wie
fühlt Ihr
Euch?

Fühlt
Ihr Euch
schlapp?
Tut Euch
was weh?

Lag's am
Essen? Oder
an der
Pflege?

...
ver-
wan-
delt?

Wieso
hattet
Ihr Euch
aber wie-
der in ei-
nen Men-
schen
...

Keine
Ahnung!

Ist
schon
gut!

Ich
mache
mir
Sorgen!

Rukul hat eine
Blumenkrone geflochten,
weil sie glaubte, dass sie
Julius gut stünde, doch
Julius würde lieber sehen,
wie Rukul sie trägt.

Azfareo und seine Nachbarländer

Das Land Azfareo ist von anderen Ländern eingeschlossen. Auf der rechten Seite der Karte geht der Kontinent weiter und weit oben im Norden ragt ein hohes Gebirge auf.

In Azfareo gibt es einige Dörfer und Städte, doch hauptsächlich ist mit »Azfareo« die zentrale Landeshauptstadt mit dem Palast gemeint.

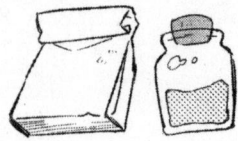

Über die Waren, die nach Azfareo kommen
- Die fliegenden Händler aus dem Osten verkaufen seltene Waren.
- Zu Rischuria im Nordwesten werden gute Beziehungen unterhalten und von dort kommen hochwertige Heilkräuter ins Land.

Aus Kapitel 6

Diesen Schmuck, der Schwert und Drache darstellt, trägt nur der Kommandant des Ritterordens von Runaela. Es ist kein Schutzschild, sondern will wohl eher sagen: »Seid Schwerter, die gemeinsam kämpfen!«

Im Osten von Runaela wird nämlich noch gekämpft.

kapitel 6

Knarz

Knarz

Nordnord-
östlich vom
Palast
...

Ist
gut!

Badumm

Badumm

Julius und ich ...

... nehmen an der Parade zur Feier seiner Rückkehr teil.

Dort ist es!

Man präsentiert ihn als das geliebte Haustier des Königs

... und als Symbol unseres Landes

... liegt die ehemalige Hauptstadt Runaela mit ihren gewaltigen Bäumen.

Badumm   Badumm   Badumm

... und das ist eine der wenigen Gelegenheiten für Julius, sein Land mit eigenen Augen zu sehen.

Jedes Jahr zieht die Parade durch andere Städte ...

Gatonk

Gatonk

Gatonk

Dieses Jahr besuchen wir die Stadt Runaela ...

... mit ihrem seit alters tief verwurzelten Drachenglauben.

Lärm

Lärm

Tatsächlich ...

Es sollen wohl auch viele Leute zum Zuschauen kommen.

Gatonk

Gatonk

Gatonk

Gatonk

Bei unserem selbstbewussten Auftreten ...

Lärm
Lärm
Lärm

... aber trotzdem bin ich nervös!

... wird wohl niemand Verdacht schöpfen, dass der Drache der König ist ...

Fräulein Rukul ...

In Runaela sieht man hier und da kleinwüchsige Lag-Drachen ...

Was ?!

Der Drache ist aber wirklich groß!

... die fliegenden Händlern gehören, oder auch Wanderdrachen ...

Zuck

...
aber
wo habt
Ihr nur

...
einen
so großen
aufgetrie-
ben?

2.

Als Band 1
erschien,
waren für *Die
Legende von
Azfareo* keine
Fortsetzungs-
bände geplant.
Doch dank des
Feedbacks der
Leser, die den
Manga gekauft
haben und die
Fortsetzung
lesen wollten,
konnte die
Reihe wie ein
Phönix aus der
Asche wieder-
auferstehen!
Deshalb liest
sich auch das
Nachwort von
Band 1 so, als
wäre es das
Ende. ☺

Fortsetzung
folgt ... →

Ich
muss mich
mehr zu-
sammen-
reißen!

So
geht
das
nicht!

Ah!

Ich versuche
immer alles mit
einem Lachen
zu überspielen.

Ha
ha
ha
ha!

Azfareo
muss wirklich
ein mäch-
tiges Land
sein!

Bitte seid nicht so förmlich zu mir.

Dann bin ich nicht so ...

Und noch etwas ...

... Sir Mel- gad!

Hm ...

Bitte!

Nick

Nick

Ange- spannt?

Grrrr

Was für ein ängstliches Gesicht!

Na schön!

Wenn du es sagst!

Hi hi

210

Badumm

Der ...
Drache
...

J...

Ja?

Schwank

Brz

Ha ha
ha ha
ha!

Fast
wie von
einem
Men-
schen!

Nichts, tut
mir leid! Ich
hab mich nur
angefeindet
gefühlt!

Er selbst hat es gar nicht bemerkt, aber ...

Die Blicke der vielen Menschen ...

Die Fahrt mit der Kutsche ...

Tummel

Tummel

So pflegt man also einen Drachen!

Puh!

Ich bin wirklich müde.

Seh ich zum ersten Mal.

Das also ist eine Drachenschuppe?

Nicht anfassen!

Ja.

Ui …

Hast du keine Angst?

Angeblich lassen sich daraus Kurzschwerter schmieden.

Nein!

Sie ist schön …

… aber sehr hart und scharfkantig.

Eine waschechte Priesterin!

あい Freu

あい Freu

220

Im Palast
ist mir das
gar nicht
aufgefallen.

...
liegt an
Julius'
...

Azfareo ist
von fremden
Ländern um-
geben, aber
dass es keinen
Krieg gibt
...

Sich das
Land mit ei-
genen Augen
anzuschauen
ist eine gute
Sache
...

...
Herr-
schaft.

...
und ein
großer
Ansporn.

Poff

Das war ein schöner Tag. Wir haben so viel ...

... zusammen erlebt.

Gute Nacht.

Klack

Vor lauter Frust finde ich keine Ruhe.

Zzz
Zzz

Raschel

Badamm

Kachak

Ich möchte ganz kurz ...

Ein Glück, dass ich Julius nicht aufge- weckt habe!

Trippel

Trippel

Trippel

... etwas überprüfen!

Tapp

3.

Rückblickend spüre ich im Nachwort des ersten Bandes eine gewisse Bitterkeit, aber da die Serie wieder aufgenommen wurde, nachdem ich dieses Gefühl durchgemacht hatte, war ich wirklich unglaublich glücklich.

Gerne würde ich meinem damaligen Ich zurufen: »Weine nicht so viel! Da dich so viele Menschen unterstützen, musst du an dich glauben und jetzt alles geben!«

Seit unserer Ankunft in Runaela ...

...

geht mir eine Sache nicht aus dem Kopf.

Die Pflanzen hier ...

... wecken viele ...

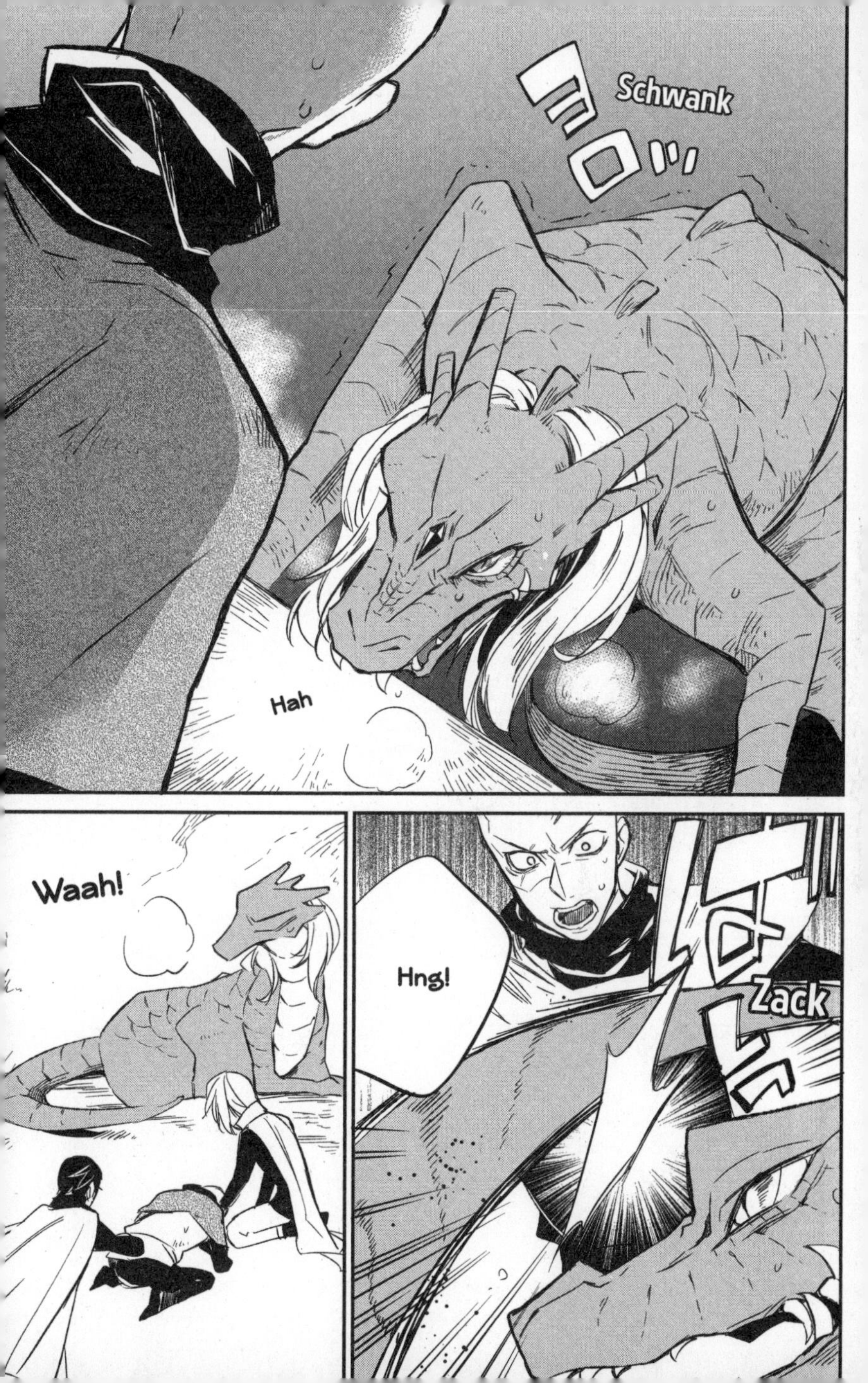
Schwank
Hah
Hng!
Zack
Waah!

Wenn wir zu-rück sind ...

... werde ich mich in den Kampf-künsten üben!

Das habe ich nicht ge-meint!

T... Tut mir leid.

Huch?! Sonst ist es immer anders-rum.

Wer liegt mir denn immer in den Ohren, dass ich auf mich aufpassen soll, hm?!

Zeter

Zeter

... also reiß dich zusam-men!

Nicht zu fas-sen!

Morgen geht es zurück in den Palast ...

Bin ich zu weit gegangen? Nein.

Seit wir in Runaela sind ...

... habe ich viel darüber nachgedacht ...

Das musste mal gesagt werden.

Im Palast sind wir wie selbstverständlich zusammen ...

... aber bin ich Eurer auch würdig?

... dass Ihr ...

... im Rang weit über mir steht.

Vielleicht gibt es jemanden ...

...der viel besser zu Euch passt?

Hab keine Angst.

...dich!

Ich will ...

Meine Heimat ...

... Cadias ist ganz in der Nähe ...

Na ja ...

Ich hab ein wenig in Erinnerungen geschwelgt.

Mehr nicht.

...

... und viele Pflanzen im Innenhof waren mir bekannt.

Verstehe …
Dann lass uns doch …
… einen Abstecher machen.
Was ?!
Es gibt keine Eilmeldungen aus Azfareo.
Ein bisschen Zeit haben wir also noch.
Wir machen einen Abstecher nach Cadias!

Kapitel 7

»Wir machen

...

einen Abstecher nach Ca- diask«

Gatonk

Gatonk

Kabonk

Der Duft der Bäume ...

... weckt Erinne- rungen.

Auf dem Heimweg von Runa- ela nach Azfareo

...

machen wir einen Umweg Richtung Westen.

Gatonk

Kabonk   Gatonk

Habt Dank und seid willkommen!

Wie schön, dass Ihr uns hier in diesem Provinznest besucht.

Wir haben bereits Nachricht aus Runaela erhalten.

Herzlich willkommen!

Ich bin Nozett, der Dorfvorsteher.

Ich bin so dankbar, Azfareos Schatz noch zu meinen Lebzeiten

...

... zu Gesicht zu bekommen.

Rukul!

Tapp

Will-
kommen
daheim,
Rukul!

Milea!

Krnch

Dodomm

Wusch

Wupp

Lange nicht gesehen!

Vater!

Ich muss mich zusammenreißen!

So, die Herrschaften!

Tretet bitte ein!

Wenn ich schon meinen Vater treffe ...

... möchte ich ihm beweisen, dass zumindest ein bisschen was aus mir geworden ist.

...

Mhm ...

Und ...

Wahnsinn!

Ooh!

Er bedeutet dem König sehr viel.

... dieser Drache heißt Julius.

Ach, Meister Hayato, wohin geht Ihr?

Wieder an die Arbeit.

Kriee

Also, ähm ...

Wie ist denn das Leben im Palast ...

... Rukul?

Na ja ...

Hach! ♡

4.

In letzter Zeit sehe ich zum Beispiel auf Twitter immer wieder Aufrufe, Werke zu unterstützen, die man mag. Und tatsächlich konnte *Die Legende von Azfareo* auf diese Weise fortgesetzt werden. Deshalb möchte auch ich mit einem Gefühl der Dankbarkeit im Herzen Werke unterstützen, die mir gefallen! Ich wünsche mir, dass auch ihr, wenn euch ein Werk gefällt, dem Schöpfer eure Meinung zukommen lasst.

Happiness!
😊

Statt mir lustige Geschichten über das Leben im Palast anzuhören ...

... habe ich Wichtigeres zu erledigen.

Wupp

Aber diese Gelegenheit ...

Patam

Meister Hayato ist noch immer sehr streng.

Fyuu

Bonk
Bonk

Bitte lobt Rukul nicht so sehr.

Ich führe also nur ...

... ein lustiges Leben ...

... im Palast.

Plitsch

Hah

Klack

Freu

Freu

Ha ha ha ha!

Essen ist fertig ...

Julius!

Schwupp

Es ist ihm peinlich.

Lärm

Wu

Lärm

o

o

o

h

Freu

Freu

Alle Männer des Dorfes befestigen gerade die Häuser.

Also kein Grund zur Sorge, Dorfvorsteher!

Hm
...

Bonk
Bonk

Was für ein starker Wind
...

Aber solange wir Schwester Milea haben
...

... ist alles gut.

Dieses Jahr gibt es wegen dieses Wetters viele Krankheitsfälle.

Ach so
...

5.

Meine Kommentare sind ziemlich lang geworden!

Das waren in etwa die Einzelheiten, wie *Die Legende von Azfareo* fortgesetzt werden konnte.

Ein paar kurze Gedanken zu den einzelnen Kapiteln:

Zu Kapitel 5

Zum ersten Mal habe ich im Magazin Farbseiten bekommen!* Ich hab mich so gefreut! In diesem Kapitel konnte ich Rukul mit einer anderen Frisur zeichnen, was viel Spaß gemacht hat.

Ich mag die Panels, in denen Gilda Reyns' Gespräche verfolgt und genauso wie er reagiert.

* Wie auch die Bücher sind die Magazine, in denen die Serien ursprünglich erscheinen, in Schwarz-Weiß und nur die ersten Seiten sind in Farbe.

Das kann ich holen!

Ach ja!

Ich wollte ebenfalls zu Schwester Milea ...

Oh!

... um mir Werkzeug aus dem Lager der Priesterinnen zu holen.

Stapel

Aber ...

Tapp
Tapp
Tapp

Sehr gern!

Danke!

Öhö「ㄷ

Aber nicht doch.

Auf Euch ist wirklich Verlass, Schwester Milea!

Gute Nacht, Milea.

Nach- dem ich ...

Gute Nacht, Rukul.

... aber am Ende ...

... das Dorf verlassen hatte ... glaubte ich, viel gelernt zu haben ...

Viel-
leicht hat
sie die täg-
liche Kran-
kenpflege
erschöpft.

Sie hus-
tet auch
schon seit
gestern.

...

Milea hat
Fieber?

Oh!

Ähm, ist
Schwester
Milea da?

Schnief

Ich soll sie ver-treten?!

Aber ...

...!

... ich ...

»Schwes-ter Rukul, das gebe ich Euch wieder.«

Nur ges-tern?

So war's schon immer!

Selbst gestern war ich keine große Hilfe.

Klack

»Wieso bist du nicht wie deine große Schwester Milea?«

Ich schaff das nicht!

Dann eben nicht.

Aber steh wenigstens nicht im Weg rum.

Ich ...

Hah

Ah!

Ich ...

Ich kann ...

... Milea nicht vertreten.

... und mein Vater möchte, dass ich sie vertrete ...

Meiner Schwester geht's nicht gut ...

Was hast du, Rukul?

... hab mich kein bisschen verändert.

...!

... aber ich fühle mich nicht dazu in der Lage.

Ich bin einfach nicht gut genug.

Rukul!

Tapp

Klatsch

Vielen
Dank
...

... Julius!

Kling

Ach so!

Schwester Rukul hat wohl heute Dienst.

...könnte es irgendwie klappen!

Drunter ...

Hetz

...Schwester Rukul!

Schwester Rukul! Ich brauche etwas Fiebersenkendes!

Ist gut! Ähm ...

...und drüber

Hetz

Schwester Rukul!

Sind diese Pilze essbar?

Wie kann ich die guten erkennen?

Bei der Gartenarbeit.

Der Ausschlag kommt von giftigen Blättern, Schwester Rukul.

Lasst mal sehen!

279

Tock

Ähm

So!

Das ist wieder ein ordentlicher Vorrat ...

Ah!

Ist das Fiebermittel noch nicht fertig?

Ver-
dammt!

Tut mir leid!

Ich hol's gleich!

Ich hab's total ver-
peilt!

Tapp

Entschuldigung, dass Ihr warten musstet.

Genau!

Alles klar!

Ich mache die Medizin sofort für Euch fertig.

Ich möchte mich für eben entschuldigen.

...!

Drei Tage später ...

Ein Mittel gegen die Schwellungen.

Auch das Fieber ist gesunken.

Aaah!

Wie fühlst du dich, Milea?

Vielen Dank!

Ein Glück!

Ich bin fast wieder gesund.

Deine Medizin hat geholfen!

Rukul ...

Morgen ... fährst du zurück in den Palast, nicht wahr?

Ja.

Magst du nicht zurück ins Dorf kommen?

Seit du weg bist, war ich die ganze Zeit ...

Ich möchte mich noch mehr mit dir unterhalten.

Was?

... so einsam.

Mile...

...a ...

Auch Vater sagt, dass du bleiben darfst.

Er hat sich deinetwegen immer Sorgen gemacht, Ruku!

Auch wenn er's nicht ausspricht ...

... bin ich mir ganz sicher!

Und deswegen ...

Klank

Ver-
dammt!

Milea
...

...
habe
einen Ort
gefunden,
an den ich
gehöre

...
und
dieser
Ort
...

...
bedeu-
tet mir
sehr
viel.

Ich
freue mich
über deine
Worte
...

...
aber
ich
...

Vielen
Dank
...

Gatonk

Kabonk

Gatonk

...
dass Ihr
mich her-
gebracht
habt.

Gatonk

Kabonk

Julius
...

...
der mir
...

...
unglaublich
viel bedeutet.«

»Ich habe
einen Ort
gefunden

Die letz-
ten Tage
werde ich
immer in mei-
nem Herzen
tragen!

Mhm

Ihre Worte haben mich zutiefst berührt.

...
werde auch ich
...

Und bestimmt
...

...
diese Tage für immer in meinem Herzen tragen.

Die Legende von Azfareo ② ~ Ende

Die Legende von Azfareo

Im Dienste des blauen Drachen

3

Shiki Chitose

Die
Legende
von Azfareo

Im Dienste des blauen Drachen

Nach der Parade durch Runaela und dem Besuch meiner Heimat Cadias
...

...
sitzt Julius wieder auf seinem Thron im Palast
...

...
während ich
...

Puh
...

Kapitel 8

Du gärtnerst?

Ja!

Sehr fleißig!

... und Lady Minfa!

Klack

Guten Tag ...

... Lord Oran ...

Lord Oran ist ein weiterer Elder ...

... und Lady Minfa ist eine Diplomatin.

... hat mir Lord Reyns erklärt.

... sind wieder im Land ...

Das Regierungssystem, das Gara zerschlagen hatte, ist wiederhergestellt ...

... und die Beamten, die in ein fernes Exil verbannt worden waren ...

Du
...

... hast
Dreck im
Gesicht.

Sst

Mach
bitte den
Palast nicht
schmut-
zig.

Jawohl!

Verzei-
hung!

Lady
Minfa
ist aber
streng.

Oje!

Klack

Sei in
Zukunft
etwas vor-
sichtiger!

Klack

Aber nein!

Alle geben sich so viel Mühe, den Palast sauber zu halten.

Ich hab einfach nicht aufgepasst!

Ich werd gleich putzen!

Patt
Patt

Noch habe ich mich nicht allen vorgestellt

Ich hoffe aber, das demnächst tun zu können.

Ha ha!

Du bist ein gutes Mädchen!

In Cadias habe ich gemerkt ...

... dass ich Naturgerüche erstaunlich gern mag.

Nein.

Was?!

Oje! Oje!

Stört Euch der Geruch?

Ich hab mich doch gewaschen!

Bis jetzt hatte ich ...

... den kühlen Marmor und das erlesene Räucherwerk, das den Palast erfüllt ...

... für seine Vorlieben gehalten.

Ein Glück!

Ich freue mich, dass Ihr den Geruch ...

... meiner Heimat mögt.

Pamm

Lady Minfa!

Guten T...

Oh!

Dodomm

Du gehst hier wirklich ein und aus, wie es dir gefällt.

Das ist
doch unge-
recht!

Oh
...

... darf
nur mit Er-
laubnis eines
Elders eine
Unterhaltung
durch den
Vorhang
führen.

Selbst
ich als
höchste
Diplo-
matin
...

Ich
weiß,
dass der
König
...

... sich
zu seinem
eigenen
Schutz
nicht
zeigt
...

aber
...

...
weshalb
genießt
nur du
...

...die
Gunst Seiner
Majestät?

Du siehst nicht gerade wie eine starke Kämpferin aus.
Wie ein heimlicher Berater wirkst du auch nicht.
Sst
Sagt er dir nicht …
… dass du schönere Kleider tragen …
… oder dir die Haare machen sollst?
N… Nein.
Hmm …
Dann ist Seine Majestät …
… wohl nicht an dir als Frau interessiert.

Er will nicht mit Majestät angesprochen werden.

Ich ...

... hab überhaupt keine Ahnung, was Julius so mag.

Und ...

... er mag Naturgerüche.

Wupp

Das macht mich irgendwie ...

... sehr ...

... traurig.

Das ist ...

... schon alles, was ich weiß.

Klammer

... aus Runaela gestern haben sehr gut geschmeckt.

Meine Brust zieht sich richtig zusammen.

Ach ja! Die Früchte ...

Früchte, die zur kalten Jahreszeit geerntet werden, sind besonders süß.

Das war eine Zuckermelonensorte.

Die Nüsse sind auch gut.

Ich habe kein melonenartiges Obst gesehen, das in der Nähe des Palastes verkauft wird ...

... aber vielleicht muss ich einfach nur danach suchen.

Er isst kaum Süßigkeiten ...

... aber ob er Obst mag?

1.

Hallo und vielen Dank, dass ihr Band 3 in Händen haltet!

Dem Cover von Band 3 wollte ich eine etwas andere Stimmung als den ersten beiden geben, sodass ich mir bei meinen Assistenten und Grafikern Rat geholt habe.

Ich habe mich mal an einem Julius als Mensch versucht, zu dem ich in Farbe nur selten Gelegenheit habe, und einer Rukul im schwarzen Kleid.

In diesem Band kommen auch viele neue Charaktere vor und ich hoffe, dass ihr Spaß beim Lesen habt.

Pferde-
schwänze?!

Ach! War
nur so ein
Gedanke!

Ha
ha

Du bist auch
so total süß!

Schon
gut!

DO

domm

Oh!

Er sagt mir
nicht, wie ich
mich zurecht-
machen soll.

»... ist wohl
nicht an dir
als Frau inte-
ressiert.«

Das
heißt,
er ...

Swusch

Ich hab 'nen Drachen vorbeifliegen sehen!

Ich bin ihm nachgerannt, aber dann war er plötzlich weg.

Lärm

Was?

Es gibt wirklich Drachen?

Unmöglich!

Wie schrecklich!

Ist das nicht gefährlich?

Es stimmt! Ich hab ihn auch gesehen!

In Azfareo gibt es also ...

Nicht, solange er oben bleibt.

Obwohl er so hoch geflogen ist, ist er richtig laut durch die Luft geschossen.

Flapp

Obendrein ein fliegender ...

Wie er wohl aussah?

Ich hätte ihn auch gern gesehen.

... noch weitere Drachen außer Julius!

Kcch

Wah!

Ist was mit Gilda?

Stimmt! Du kannst ja auch fliegen!

Machst du einen Ausflug?

Gilda!

In der Stadt habe ich gehört, dass ein großer Drache hier herumgeflogen sein soll!

...!

Lord Reyns und Lord Oran!

Dann gibt es in unserem Land also noch andere große Drachen außer Julius!

Ein Drache?

Nein, alles gut.

Geh wieder an deine Arbeit!

Jawohl!

...

Ähm ...?

Plitsch

Oh!

Was für eine Frisur ...

Ich bekomme nur Zöpfe

... oder einen Dutt hin.

... könnte Julius wohl gefallen?

Ah!

Ich be-
nehme
mich ...

... in den
letzten
Tagen
so selt-
sam.

Es
liegt
an
...
Lady
Minfa!

Sie duftet
immer so
süß nach
Blumen ...

Bis jetzt gab
es in meinem
Umfeld keine
erwachsene
Frau wie sie.

... und ist
so würde-
voll.

So ein
finsteres
Gesicht!

Und
bestimmt
würde auch
Julius lie-
ber ...

... von
einer Frau
wie Lady
Minfa ...

...
versorgt
werden.

Herrje!

Streck

Jawohl!

Lady Min...

Wenn kleine Frauen den Kopf hängen lassen, sehen sie erst recht klein aus.

So muss ich mir das Provinzmädchen wenigstens nicht ansehen, das so gar nicht in den Palast passt.

Ha ha! ♡

Mich stört's nicht ...

... wenn du so kauerst.

Aber du wirst eben immer ein Landei bleiben.

Provinz ...

Oh!

Tut mir leid.

Ha ha
Bitte entschul-dige mich! Ich habe viel zu tun!
Schweb
Lady Minfa …
Wupp
Los! Zeig dein wahres Ge-sicht!
Wie wirst du dich be-nehmen …

Was lässt sich da schon machen?

Ihre Hände sind ganz rau vom Abwasch.

Hah

... und möchte ...

... wenigstens ein bisschen ordentlicher aussehen ...

Aber meine gehässigen Bemerkungen scheinen sie trotzdem nicht kaltzulassen.

Was ist das bloß ...

... für ein Mädchen?

... hab ich mir gedacht.

Meine Angriffe wirken irgendwie lächerlich.

Sie ist so offen ...

Na ja, als Wiedergutmachung ...

Da hab ich wohl keine Wahl.

Ich werde dir etwas verraten!
Frag ihn selbst, wenn du etwas nicht weißt.
Hi hi!
Das macht den Charme einer Frau aus!
Julius!
Klopf
Klopf

Und
...

...
des-
wegen
...

...
was für
Frisuren Ihr
mögt.

...
würde
ich Euch
...
gerne
fragen
...

Ähm
...

Dann
hat sie
sich ...

...
meinet-
wegen
Gedanken
gemacht.

Wegen
so was
...

... hat sie
sich den Kopf
zerbrochen?

Klick

Wenn ich ...

... eine menschliche Hand hätte ...

Julius?

Deine Frage, welche Frisur ich mag, ist schwierig.

... würde ich ihr ... ... bestimmt jeden Tag mit den Fingern durchs Haar streichen.

Lärm
Lärm
Oh!
Das Fräulein von neulich.
Hallo!
So ein Glück! Heut hab ich zufällig welche reinbekommen.
Wusch
Hier!
Wah!
Eine Zuckermelone!
Ich hab sie dir zurückgelegt!
Vielen Dank!

Flapp

Schauder

...und was der pech-schwarze Drache wollte ...

Er fliegt zum Palast!

...der den klaren Himmel über Azfareo verdunkelte.

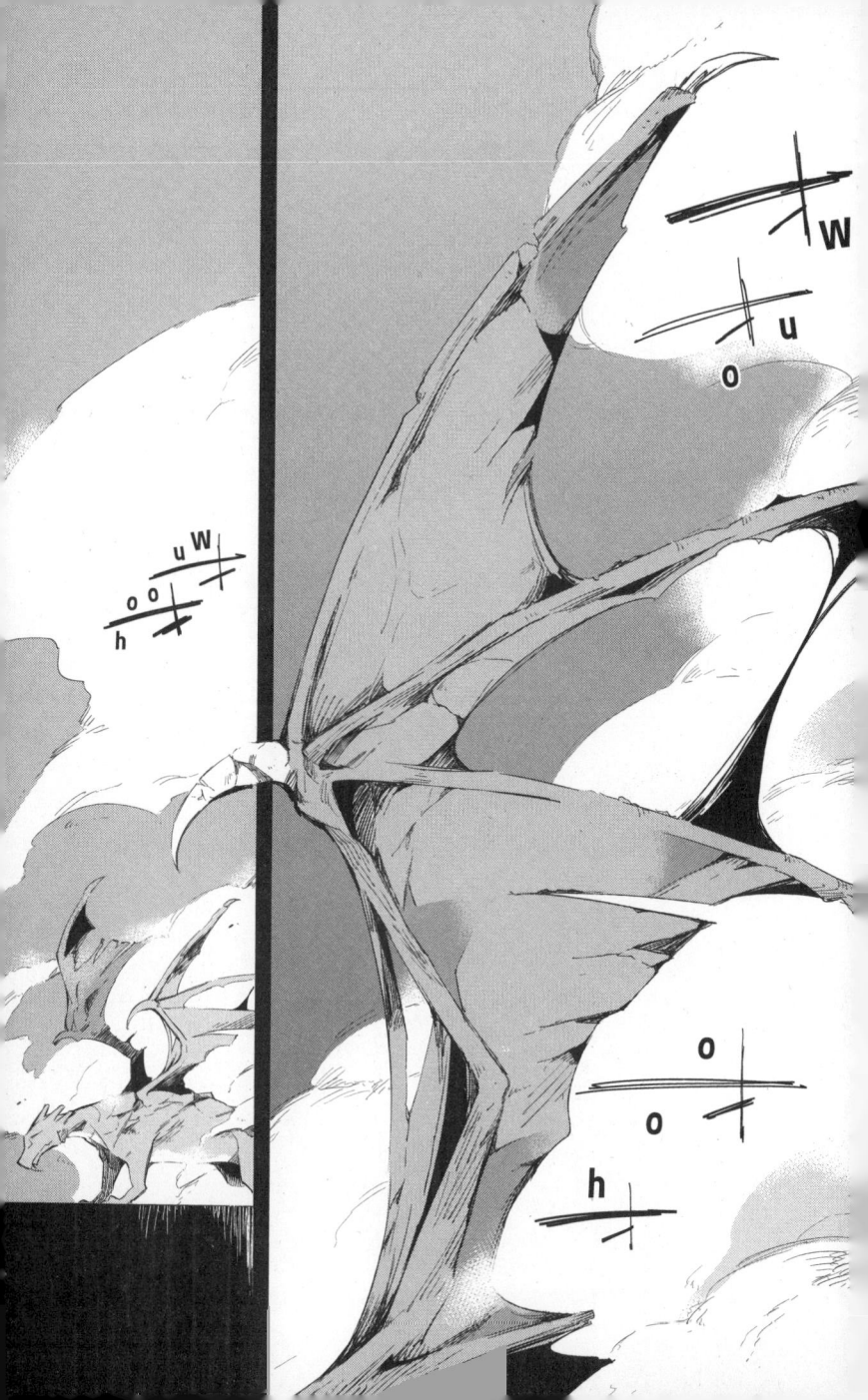

Kapitel 9

Wo bin ich hier?

Wem gehört ...

... dieser Körper?

... und meine Sinne ...

Mein ganzer Körper schmerzt ...

Plumps

Mit diesen Flügeln kannst du wohl nicht fliegen.

... schwinden ...

Sst

Ich
war nicht
einsam
...

Ich
brau-
che
keine
Flügel
...

... und
muss nicht
fliegen.

Wenn
ich deine
Flügel heilen
könnte, hätte
ich wenigs-
tens dich
...

Wer ist
das?

Warst du
einsam?

...
freige-
lassen.

... da du
immer an
meiner Seite
warst.

Ah!

Schon
wieder
...

Als würde sie
meinen Körper
durchströmen
...

...
dieser
Traum
...

Wupp

Brz

Brz

Brz

Wupp

!

... sehe
ich immer
wieder eine
Landschaft,
an die ich
mich nicht
erinnern
kann.

Was in
aller Welt
...

Brz

Glüh

Ein Bann-
kreis!

Als würde die Luft explo-
dieren!

Was ist da los?!

... nähert sich aus dem Himmel!

Das Geräusch ...

Bamm

!

Brz

Ich kann keine Ener-
gie aus den Erdadern ziehen!

Eine Kraft, die stärker ist als ich?!

Wer
zum
Teufel
...

... bist
du?

Flapp

Flapp

... wird
es mir
büßen!

Wer immer
das Land
Azfareo be-
schmutzt
...

Grrrr

Sst

Sst

Sst

Warum ...?

Tapp
Tapp

Euer
Majestät!

Seid Ihr
verletzt?!

...!

Ihr bleibt drau-ßen ...

... und wartet!

Stopp

Wusch

Obendrein kann er sich nach Belie-ben ...

... verwandeln?!

... lastet ebenfalls ein Fluch?

Ha!

Auf diesem Mann ...

... König von Azfareo! Heute bin ich hier, um mit dir zu verhandeln.

Kein Grund, sich so zu fürchten ...

Ich treffe zum ersten Mal einen anderen, der mit einem Fluchzauber belegt wurde.

Ein Fluchzauber?

... und möchte dieses Land von dir übernehmen.

Ich heiße Heinedark ...

Was für
eine ...

... unheilvolle
Aura!

Was ...
zum Teufel
...

...
redest
du da, du
Mistkerl?!

... ver-
jagen!

Zong

Zack

Ich
muss ihn
aus diesem
Land ...

Pack

!!

plick

Du erinnerst mich an einen Hund, König von Azfareo!

Wie lustig!

Nur Schwanz und Fangzähne als Waffen?

...

Zuck (!)

Mida ... sagst du?

Erinnerst du dich an Mida?

Freu dich!

Sst

Der Friede hat dich total verweichlicht und ich bin so nett, dein Land zu übernehmen!

Soll ich dir zeigen ...

Sst

Sst

Bitte lasst uns rein, Lord Reyns!

Was geht da drinnen vor?!

Krsch

...
wie die wahren Kräfte ...

Krsch

!!

... eines Drachen aussehen?

Krack

Wenn jetzt nichts passiert, dann ...

...!

Tapp

Was …?

Schleif

Julius' Schuppen sind zerbrochen …

Aber ich bin doch ...

... dem schwarzen Drachen gefolgt ...

... obwohl sie doch so hart sind!

Das haben auch die Leute aus der Stadt gesagt.

»Ich hab 'nen Drachen vorbeifliegen sehen!«

»Ich bin ihm nach-gerannt, aber dann war er plötzlich weg.«

Wer ist dieser ... Mann?

Fräulein!

Was für ein ungewöhnliches Mädchen!
Was ...?
Hast du keine Angst vor Drachen?
Sst
Sst
Die Atmosphäre ...
Hab ich ... ... nicht ...
Die Atmosphäre um diesen Mann ...
... ist so ... erdrückend.
Sst

Es macht ihm einfach Spaß, Julius zu provozieren!
Pack
Krsch
Krsch

Soll ich dich wie deinen Schwanz zerbrechen?

Gnnn

Julius' Schwanz!

Dieser Mann hat ihn verletzt!

Beweg dich ...

... Körper!

... ich muss ihn aufhalten!

Bit...te ...

... aber ...

Ich weiß nicht, was er vorhat ...

Domp

Wusch

Tss!
Schon gut!
Heute …
… wollte ich nur mal Guten Tag sagen.
…
Krsch
Krsch
…!
Krack

3.

Was
mich gerade
beschäftigt –
Teil 1

Seit Beginn
des Jahres
wollte ich mir
neue Hobbys
zulegen und
habe begon-
nen akustische
Gitarre zu
lernen. Da ich
vorher nie mit
Musik zu tun
hatte, bin ich
eine blutige
Anfängerin
und obwohl ich
überhaupt keine
Ahnung habe,
macht mir das
Üben Spaß.
Mittlerweile kann
ich Melodien
aus einfachen
Akkorden wie C,
D, G und F spie-
len und möchte
meine beschei-
denen Übungen
fortsetzen.

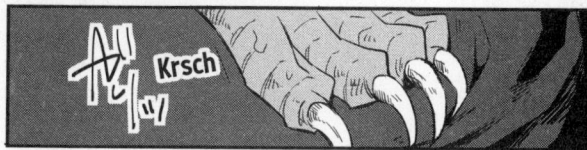

Hah

Ihr seid schwer verletzt!

Kommt nicht infrage!

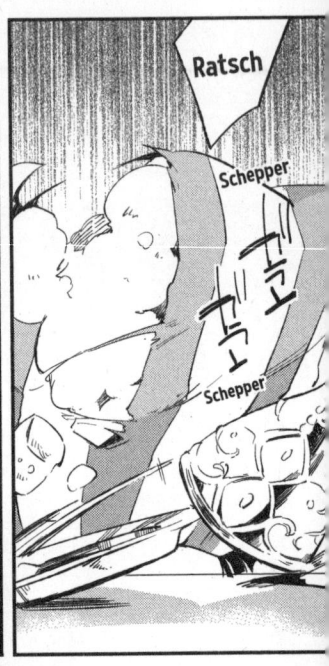

Ratsch

Schepper

Schepper

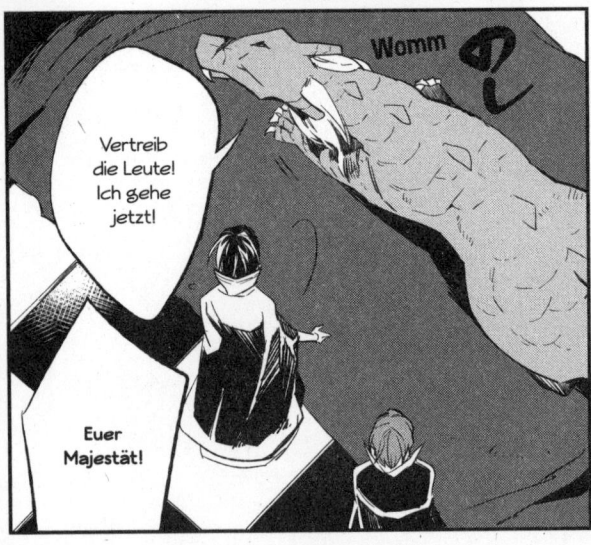

Womm

Vertreib die Leute! Ich gehe jetzt!

Euer Majestät!

Das wird Euch nicht bekommen!

Bitte ruht Euch aus!

Starr

Bitte wartet!

Zieh dich zu-rück!

Grrr

Klirr

Domp

Reyns hat recht ...

... Euer Majestät!

Euren Körper zu ruinieren ...

... bedeutet zugleich, dieses Land in Gefahr zu bringen.

...!

Nein, ich bleibe!

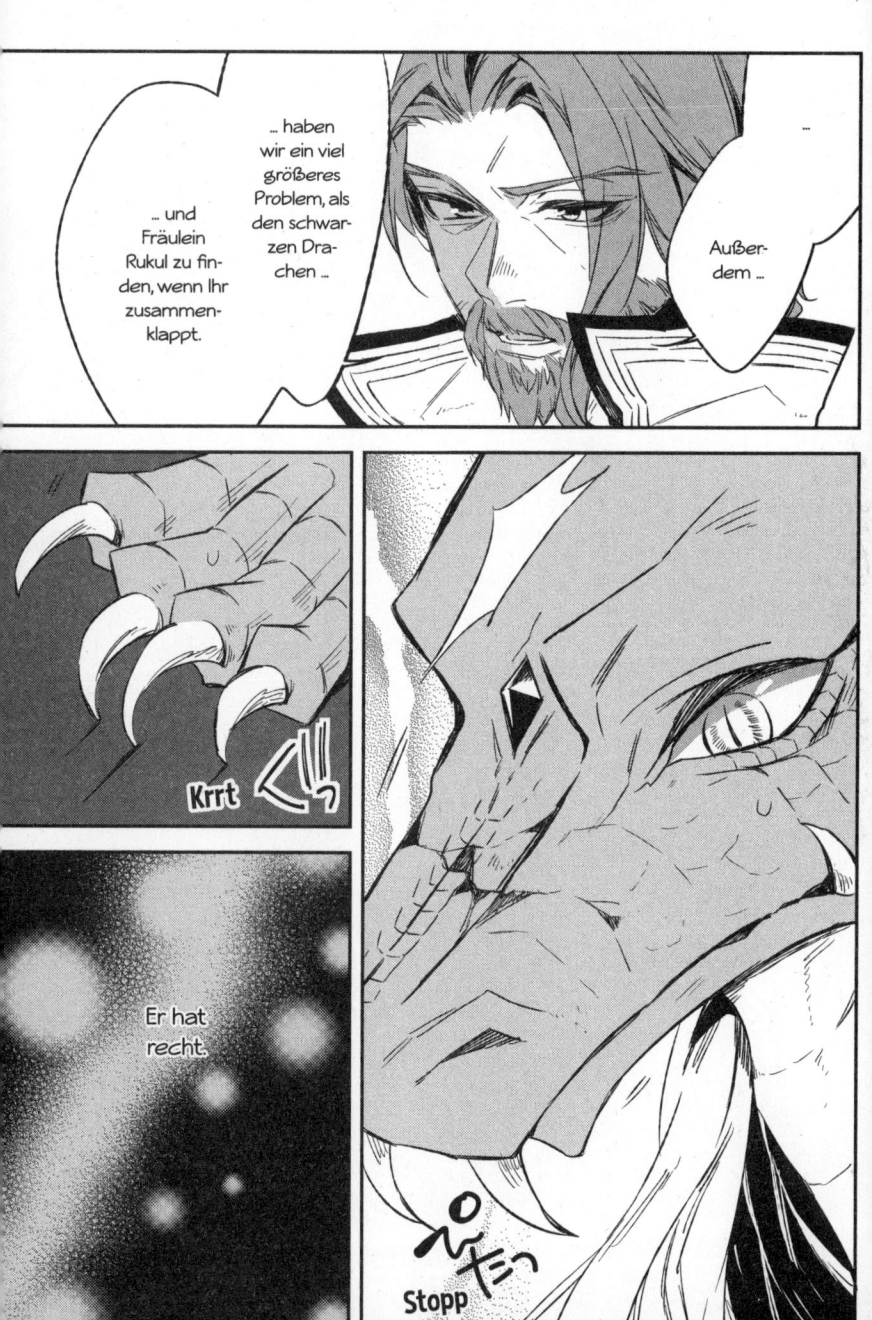

Finde sofort heraus, ob die Stadt Schaden genommen hat!
Mein Verstand sagt mir das Gleiche ...
Jawohl!
... aber meinem schmerzenden Körper zum Trotz ...
... will ich auf der Stelle zu deiner Rettung eilen!
Dieser Mann ...
... hat sich als Heinedark vorgestellt.

Was sagt Ihr da?

...

Wahrscheinlich ... ist er ein Überlebender aus Mida.

Auch ich konnte es kaum glauben.

Euer Majestät!

Außerdem ...

...!

Schmerz

Unvorstellbar ...

Ich bitte um Vergebung! Wir werden uns zurückziehen.

Bitte ruht Euch erst einmal aus.

... dass jemand diesen verheerenden Krieg überlebt hat.

Rukul
...

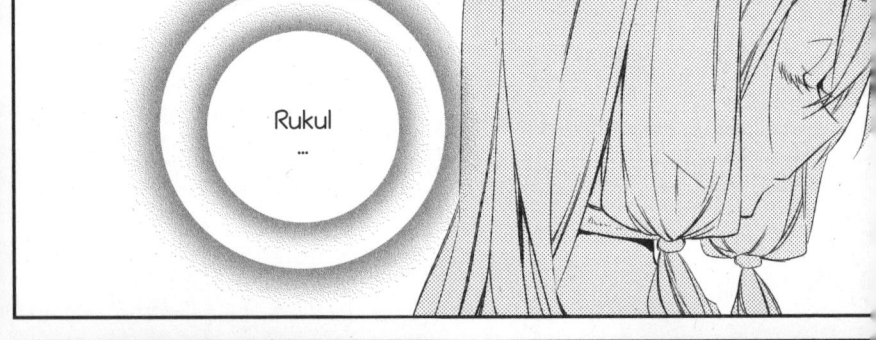

Hoffentlich
passiert dir
nichts!

Auch ohne kannst du unmöglich hier ausbrechen.

Wupp

Zupp

Eine Art Schlafzauber?

Ich lege keinen Zauber mehr auf dich.

Tapp

Wo bin ich hier?

Nichts wie weg!

Ah, die Priesterin ist erwacht!

Domp

Kapitel 10

Was bedeutet »Kiefer des Drachen«?

Die Ärmste ist ja ganz verwirrt.

ヅ ヂ

Zitter

Die Luft ist so kalt.

Erklär's ihr, Rakia!

Zu lästig!

U... Und wer seid ihr?

Wo ... bin ich hier?

Stimmt! Ich wurde entführt und ...

Was mach ich jetzt?

Ob ich es ...

... zurück schaffen kann?

Schluck

Ich kann mich nicht genau erinnern.

Wie weit mag es von hier bis zum Palast sein?

Julius war ...

... verletzt.

Setz dich doch erst mal und beruhig dich.

Das geht nicht.

Mach keinen Ärger und sei still!

Das ist besser für dich!

Ich ...

... muss nach Hause!

Ich will wieder zurück!

Pack

Hyah?!

Wo ist der Aus-gang?

W...

Stolper

Wohin des Weges?
Badumm
!!
Lass mich bitte los!
Hah …
Heine …
Was hast du eigentlich mit ihr vor?
Das muss ich mir noch überlegen.
Es war einfach lustig, den König von Azfareo so verzweifelt zu sehen.
Ha ha!

Domp

Schleich

Wupp

Zuck

Ich geh zurück auf mein Zimmer.

Ugh ...

Krsch

...!

Schwupp

Wenn du keinen Ärger machst ...

... werden wir gut für dich sorgen!

Was war los mit ihm?

...

Puh ...

I... Ich heiße Rukul.

Rukul! Was für ein süßer Name!

Ich bin Kilt ...

... und wie heißt du?

... auch auf diesem Mann der Fluch eines Drachen?

...!

Lastet ...

F...
Fl...

... Fluchzauber?

Dein König ist doch auch verzaubert.

Findest du einen Fluchzauber so ungewöhnlich?

Die Priesterinnen von Cadias sind also gar nicht so schlau.

!

Oha?

Den erkenne ich sofort!

Wegen des Purpursteins aus Cadias an deinem Gewand.

Wieso weißt du, woher ich komme?

Bitte erzähl mir ...

Gibt es einen Weg, wieder ein Mensch zu werden?!

... von diesem Fluch!

Frag doch Heine, wenn du es wissen willst.

Ich ..

... tue nichts gegen Heines Willen.

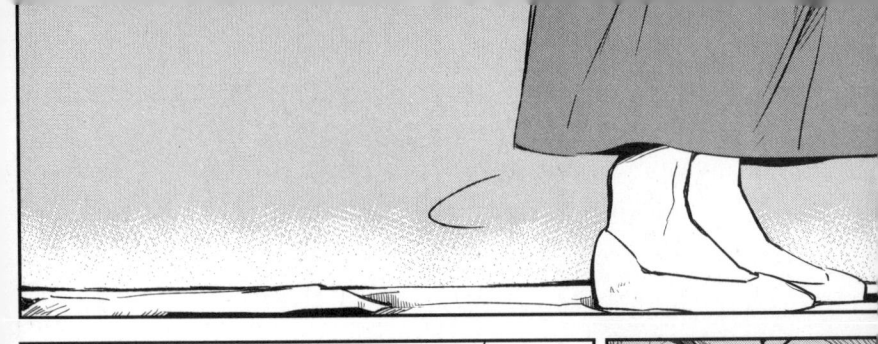

Na ja
...

Aber ich glaube nicht, dass er es dir verraten wird.

Wupp

Ein Stöhnen?

Uuuuh

Alle Gänge sind so verwirrend und dunkel.

Was
willst
du?

Wenn
ich genau
hinsehe
...

...

… hat dieser Drache Verletzungen am ganzen Körper.
Ich möchte dich fragen …
… wo wir hier sind.
Wer seid ihr … und was in aller Welt ist dieser Kiefer des Drachen?
Und wieso kannst du dich in einen Menschen verwandeln?
Hmpf …
Ha ha! So viele Fragen!
Erwartest du etwa eine Antwort von mir?
Wupp

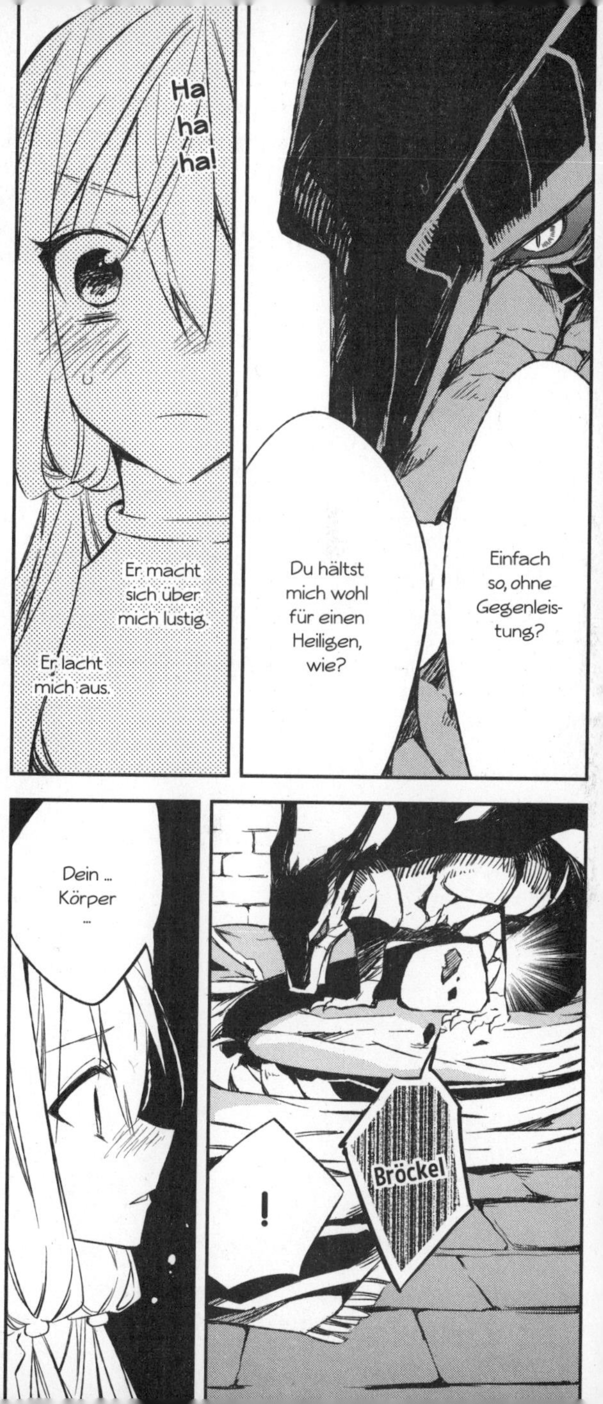

Tu nicht
so mitleidig
...

... du
Heuch-
lerin!

Die
Schuppen
sind total rui-
niert, da seine
Verletzungen
so lange nicht
behandelt
wurden.

Wieso
wirst du
nicht ver-
arztet?

Du
musst
was unter-
nehmen,
sonst
...

Du
nervst!

Schock

Was
...

Glaubst
du etwa
...

... dass
Azfareo
einfach nur
ein schönes
Land ist?

Was ist der
Grund?

...
meinst du
damit?

Näm-
lich über
Azfareos
Kriege.

Kein
Wunder,
dass du
nichts
weißt.

Na
schön.
Dann
...

...
kläre
ich das
ahnungs-
lose Mäd-
chen mal
über eine
Sache
auf.

Im Osten Azfareos ...

... grenzt El Fatol, das Land des Silbers, an Runaela.

Es ist reich an Minen ...

... sollen über wundersame Kräfte verfügen.

... und viele der geförderten Erze ...

Das »Schwert von El Fatol«, das aus diesen Erzen geschmiedet wurde ...

... wird heiliges Schwert, aber auch Zauberschwert genannt ...

... und verfügt über spirituelle Kräfte.

Das alles soll sich in einer stürmischen Nacht zugetragen haben.

... verübte El Fatols Armee in Mida einen Überraschungsangriff auf uns.

Während unsere Truppen vorrückten ...

Das kleine Land Mida ging in einer Nacht in Flammen auf ...

Waah!

Kyaah!

... und verschwand von der Landkarte.

Klack

5.

Hier kommt die letzte Kolumne. Am Ende des Bandes findet ihr auch Bonusstorys und ich würde mich freuen, wenn ihr auch an denen Spaß habt.

Vielen Dank, dass ihr mir immer so viele motivierende Briefe schreibt! Euer Feedback ist mir immer ein Ansporn.

Altraverse GmbH »Shiki Chitose« Phoenixhalle I Ruhrstraße 11A 22761 Hamburg

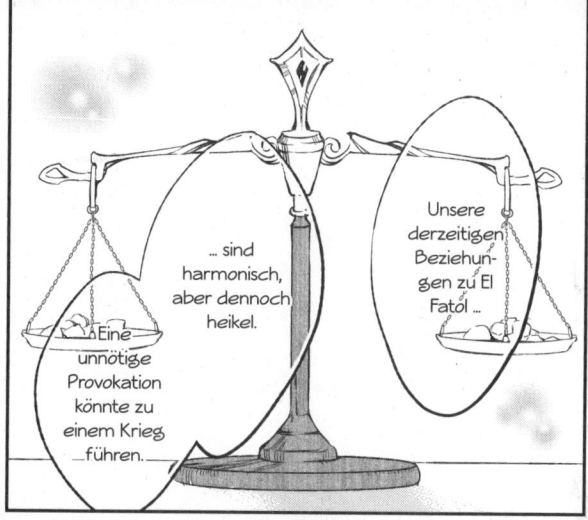

... sind harmonisch, aber dennoch heikel.

Unsere derzeitigen Beziehungen zu El Fatol ...

Eine unnötige Provokation könnte zu einem Krieg führen.

Wenn er es auf einen Konflikt abgesehen hat ...

Selbst wenn dieser Heinedark ...

... ein Überlebender aus Mida ist ...

... dann vermutlich zwischen uns und El Fatol ...

... damit wir uns gegenseitig vernichten.

... wird er kaum so viele Truppen haben, dass er einen Krieg gegen uns führen könnte.

...

Um jeden Preis!

Das müssen wir vermeiden.

Hoffentlich passiert dir nichts!

Rukul ...

Grmpf

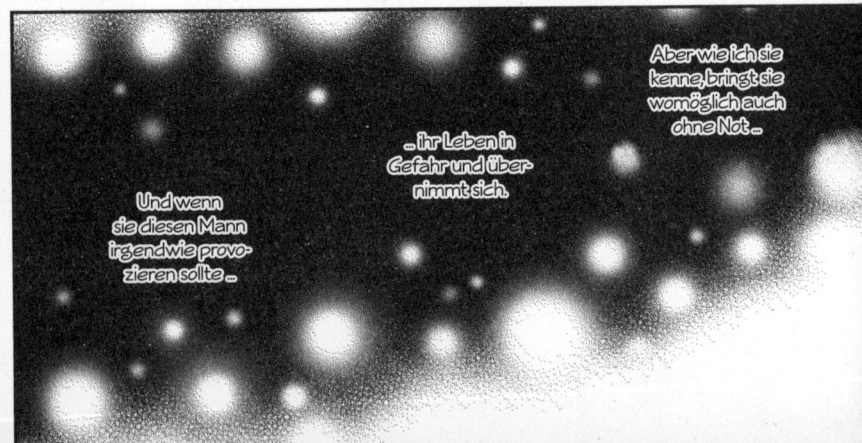

Aber wie ich sie kenne, bringt sie womöglich auch ohne Not ..

.. ihr Leben in Gefahr und übernimmt sich.

Und wenn sie diesen Mann irgendwie provozieren sollte ...

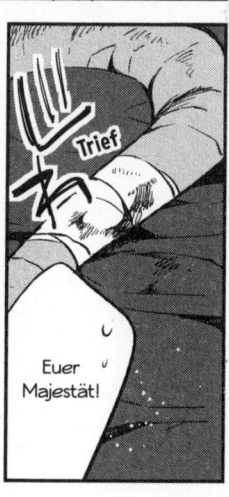

Ich träume von einem fremden Ort ...

Ich hatte noch nie so viele Träume, die aufeinander aufbauen.

Euer Majestät?

... fühlen sich der Staub-geruch und der Sand erschre-ckend real an.

... und obwohl es ein Traum ist ...

...

... als wäre es wirklich passiert ...

Fast so ...

...sollen Erinnerungsträume gehabt haben.

Der letzte König ...

... und auch der vorletzte aus der Zeit meiner Kindheit ...

Heinedark schien viel besser über den Fluch Bescheid zu wissen als ich.

Dieser Kerl ...

Künftige Ereignisse ...

Das waren immer Vorzeichen künftiger Ereignisse.

Ja.

Erinnerungs...

...träume?

»Soll ich dir zeigen, wie die wahren Kräfte eines Drachen aussehen?«

Die wahren ... Kräfte?

Die Wunde, die er mir zugefügt hat ...

Gibt es einen Weg, diese Kräfte einzusetzen, von dem ich nichts weiß?

... hört nicht auf zu bluten.

Wupp

...!

Wupp

Wär's dir lieber, du hättest es nicht erfahren?

Mag schon sein.

Aber Julius ...

... war nicht schuld an diesem Krieg!

Ich will ihn quälen ...

... quälen ...

Aber er ist mitschuldig!

Und dafür gibt es ...

... den Kiefer des Drachen.

... und noch mehr quälen!

Geh jetzt!

... ich lasse nicht zu ...

Mir ist die Lust vergangen.

Aber ...

Dafür lebe ich!

Zuck

Geh jetzt!

Ähm ...

— was soll ich tun?

Wupp

Aber ...

Tapp

Tapp
Tapp

... dass er diesen finsteren Groll gegen Julius richtet!

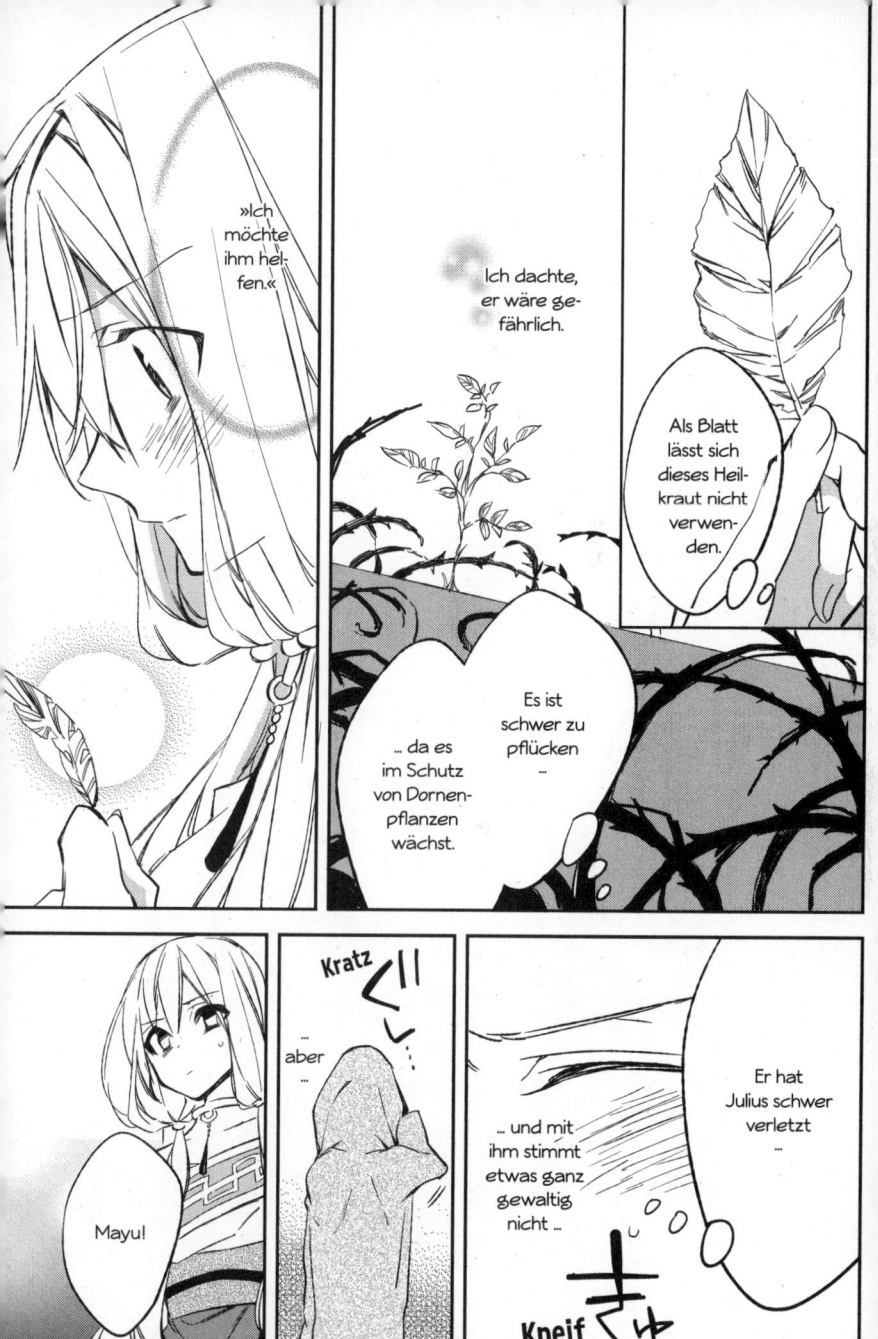

Ach,
du bist
es.

Willst du
gefressen
werden?

Flomp

Ist das
...

... eine
Halluzination?

Nein ...

... in meinem Inneren.

Du warst ...

... die ganze Zeit ...

Wie wär's?

Wenn du willst, kann ich dir diese ersehnte Kraft verleihen!

Willst du mehr Kraft

...

... Abkömmling von Azfareo?

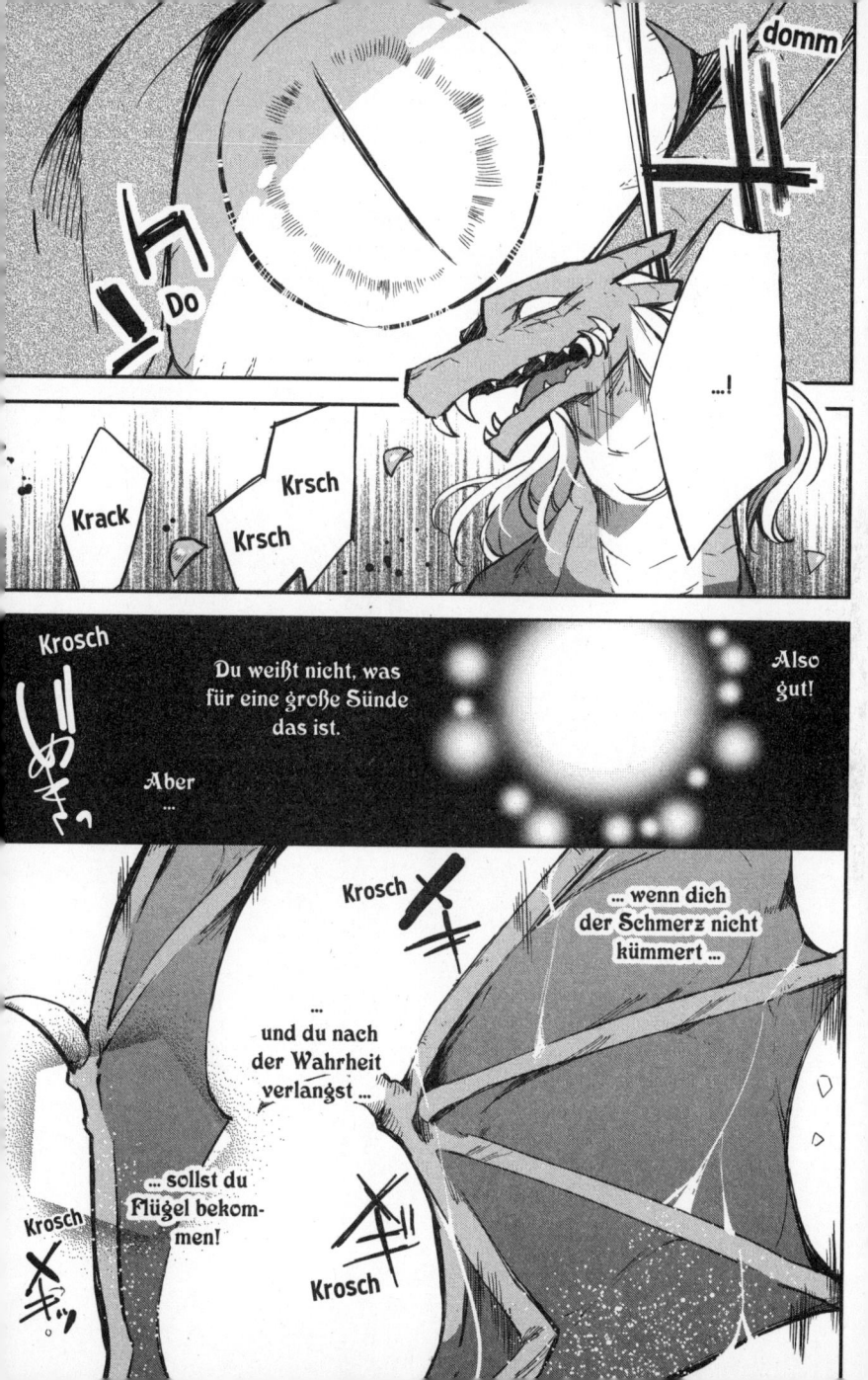

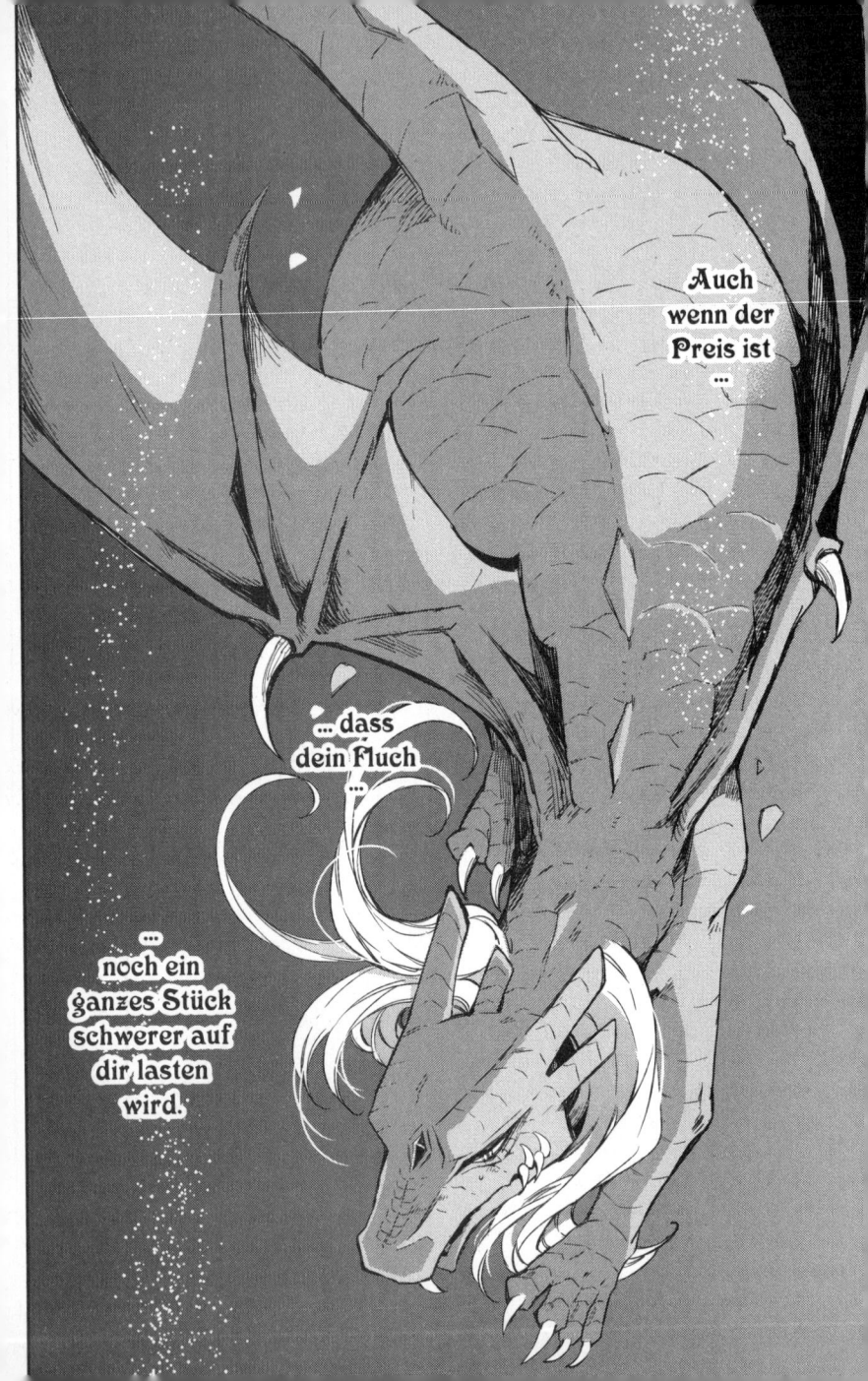

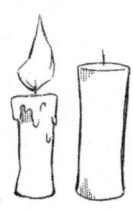

Ein durchschnittlicher Haushalt in Azfareo verwendet hauptsächlich Kerzen als Lichtquelle in der Nacht. Leuchtende Erze dienen ebenfalls als Lichtquelle, sind aber sehr teuer.

【Lichtstein】
Eine Steinart, in deren Innerem sich ein Licht befindet. Der Stein ist umso teurer und seltener, je größer er ist. Je nach Steinsorte leuchtet er eine halbe Ewigkeit.

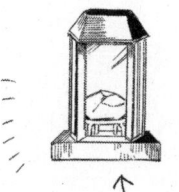

Kleine Lichtsteinchen kommen in lichtverstärkenden Gefäßen zum Einsatz und auch diese Gefäße sind teuer.

In manchen ist ein Zauber eingraviert oder die Gefäße bestehen selbst aus einem lichtverstärkenden Material. Das Licht kleiner Lichtsteine hält einige Monate bis mehrere Jahre.

Auch leuchtende Blumen oder leuchtende Baumrinde kommt zum Einsatz, doch sie halten nicht lange. Ansonsten gibt es noch leuchtende Insekten oder Hörner von leuchtenden Tieren. Das Leuchten der Pflanzen hält einige Minuten bis einige Stunden an.

Die normale Kleidung in der
Stadt um den Palast von Azfareo

Auf den nächsten Seiten
findet ihr den Vorstellungs-
manga zu *Die Legende von
Azfarec*, der mal im *Hana
to Yume**-Magazin erschienen ist.

Ich habe mich sehr über
das Lob meines Redakteurs
gefreut, dass meine Zeich-
nung von Julius' Profil auf
der letzten Seite beson-
ders attraktiv aussehe.

Um die Schultern
wird ein dünner
Schal oder ein
Cape getragen.

Sie werden mit
Ringen aus Holz
oder Metall fest-
gehalten.

Fliegende Händ-
ler und Reisende
tragen Lederstiefel,
die robust sind,
aber schnell muf-
fig werden.

Manchmal
mit Mustern
verziert

Röcke oder
weite Hosen

* Magazin, in dem Die Legende von Azfareo ursprünglich erscheint.

Die Legende von Azfareo

... lebt ein Drache mit einem aufbrausenden Temperament.

und im Palast ...

Das Land Azfareo genießt den Schutz der Drachen ...

Er hat scharfe Klauen ...

... und bin in den Palast gekommen, um mich um ihn zu kümmern.

Ich heiße Rukul ...

... und schreckliche Schuppen, die durch alles schneiden können.

Kling

Vorstellungs-manga

... möchte ich dem unbeholfenen, aber lieben Julius ...

... wenigstens ein bisschen helfen.

Jawohl.

Und hoffentlich ...

... kann ich für immer an seiner Seite bleiben!

Die Legende von Azfareo ③ - **Ende**

Bonusmanga: Ein gewisser Tag in Reyns' Leben

Reyns hatte schon immer Schlafprobleme und sein Schlaf ist auch nicht besonders tief

... aber da seine Arbeit nie darunter gelitten hat ...

Ist sich dessen bewusst →

... hat es ihn bisher nicht gekümmert.

besorgt ↓

besorgt →
... der Dienst ...
... die Parade in Runaela ...
Die Audienzen ...
↑ besorgt

←... Julius' Gesundheitszustand ...
... usw.
← besorgt

Raschel

Das Wasser!
Ah!
Doch ...

seit Rukul da ist, haben sich seine Sorgen vermehrt.

Vor lauter Erschöpfung scheint er in letzter Zeit unter Schlafmangel zu leiden.

Nur raschelnde Blätter ...

Schwupp

Oh!

Ihr seid so blass, Lord Reyns!

Ist etwas passiert?

Nein, alles gut.

Lass mich bitte in Ruhe.

Ich kann Euch ein Schlafmittel geben!

Kein Bedarf!

Was?!

Lord Reyns leidet unter Schlafmangel.

Lord Oran!

Grrr

Ob er genug isst?

...

Vielleicht esst Ihr auch nicht richtig.

Ihr seid so blass.

Gilda schläft neben Reyns' Kissen.

Abends

Gute Nacht, Gilda.

Z

Raschel

...

Raschel

Hm ...

Taps Taps

Schleich

... Gil...?

Wupp

Schon wieder raschelnde Blätter?

Nein ...

Was ist los ...

Raschel

Raschel

Ich freue mich über deine nette Geste ...

Hat große Angst vor Insekten

Wupp

... aber wirf sie bitte raus!

Raschel

Raschel

Raschel

Raschel

Raschel

Raschel

Raschel

...??!!

Nahrhafte Insekten

Gildas Schlafplatz

Hab ich gefangen!

Aber ja.

Danach soll Reyns' Gesicht wieder Farbe bekommen haben.

... und mir ein Schlafmittel geben?

Am nächsten Tag ...

Ähem

Könntest du mir bitte etwas über gesunde Ernährung erzählen ...

Ein gewisser Tag in Reyns' Leben – Ende

Bonusmanga: Ein gewisser Tag in Cadias

Ohne Stiefel kommt sie nicht zurecht! Soll ich sie ihr in den Palast schicken?

...

Beim Aufräumen der Abstellkammer sind Rukuls Winterstiefel aufgetaucht.

Sie sind sehr haltbar! Soll ich sie ihr in den Palast schi... (gekürzt)

Rukul isst die besonders gern!

...

Dieses Jahr gab es eine gute Nussernte.

Rukul würde der hellere Stoff gut stehen!

Soll ich ihn ... (gekürzt)

...

Seit Langem waren mal wieder fliegende Händler im Dorf.

Der Vater macht sich alle möglichen Sorgen um seine Tochter.

...

... Vater ... könnte doch einfach zu seinen Gefühlen stehen ...

Ein gewisser Tag in Cadias - Ende

Das ist das Ende der Bonusmanga.

Bei Band* 3 hat das Zeichnen Spaß gemacht, aber war auch anstrengend, da Figuren mit schwarzem Haar und viel Schmuck wie Heine – in Drachen- und Menschengestalt – oder Minfa auftreten!

Jetzt nimmt die Geschichte richtig Fahrt auf, doch wie hat sie euch gefallen?

Die Idee für den Rückblick in Kapitel 9 stammt noch aus einer Zeit vor *Die Legende von Azfareo*, in der ich aber schon unbedingt eine Geschichte über Drachen und Menschen zeichnen wollte. Nachdem aus dem Einzelband nun eine Serie geworden ist, bin ich froh, dass ich diesen Teil umsetzen konnte.

Da mir langsam der Platz ausgeht, möchte ich mich hiermit für Band 3 verabschieden und würde mich freuen, euch im nächsten Band wiederzusehen!

Danke ♡
... an meine Freunde, die mir eine Menge beigebracht haben, meine Familie, meinen Redakteur, alle, die mich unterstützen, alle, die an diesem Band mitgewirkt haben, und an alle meine Leser!

Shiki Chitose

* Dieser Kommentar sowie die Bonusmanga waren ursprünglich in Band 3 der Mangaserie enthalten.

Die
Legende
von Azfareo
Im Dienste des blauen Drachen

Shiki Chitose

DIE·REUE
DER KINDER
GOTTES
1

altraverse

Die Reue der Kinder Gottes

Shiki Chitose

Finstere Schattenwesen bedrohen die Welt. Sobald sie von einem Menschen Besitz ergriffen haben, kommt jede Hilfe zu spät. Die einzige Waffe, mit der die Schatten bekämpft werden können, ist das Kreuz der Verdammnis. Mit seiner Kraft versuchen die »Kinder Gottes« das Böse zurückzudrängen. Der junge Neo Belclift schließt sich ihnen an, um die Schatten zu vernichten und seine besessene Schwester zu retten ...

Liebe in Zeiten der Taisho-Ära

Shiki Chitose

Anfang des 20. Jahrhunderts lebt Rinko als Tochter eines verarmten Adeligen in Japan. Sie ist es gewohnt, dass sich ihr Vater ständig irgendetwas aufschwatzen lässt. Doch diesmal geht er zu weit: Er meldet Rinko bei einer Ehevermittlung an! Prompt hat sie etliche Bewerber. Rinko hat aber kein Interesse daran, sich verkuppeln zu lassen, schon gar nicht mit dem arroganten Grafen Ouga ...

Shiki Chitose

Shojo nach der Schule

Shiki Chitose

Hikaru liebt Shojo-Manga über alles. Leider gibt es niemanden in ihrem Umfeld, der ihre Liebe teilt. Bis sie eines Tages ausgerechnet den Rowdy der Schule Kotaro in der Shojo-Leseecke entdeckt! Doch die beiden müssen sich im Geheimen zum Lesen treffen, denn niemand darf erfahren, dass sich zwischen ihnen eine Freundschaft entwickelt ...

Shiki Chitose

Yona Yona Yoga
Fit und frisch für den nächsten Tag

EXKLUSIV BEI UNS IM WEBSHOP!

altraverse

Yona Yona Yoga
Shiki Chitose

Ritsuko arbeitet gerade mal seit einem Jahr in ihrem ersten Job, fühlt sich an manchen Abenden aber schon total ausgepowert. Da entdeckt sie eines Abends den Aushang einer Yoga-Schule. Im Unterricht von Frau Kiyomi lernst sie bald, wie man den Stress hinter sich lässt und sich immer wieder fit und frisch für den nächsten Tag macht.

Schattenprinzessin des Drachenkönigs

Akira Osora

Vor einigen Jahren begrub der Wasserdrache, der eigentlich der Schutz-geist des Königreichs Ten'a ist, Kohakus Heimat unter wilden Fluten. Als letzte Überlebende schwört sie, Rache an Prinz Miaki zu nehmen, der als Einziger den Drachen kontrollieren kann. Entschlossen, ihn zu töten, schleicht sie sich am Königshof ein. Doch dann kommt alles ganz anders ...

Die Hexe und ihr Drache

Chizuru Fujishiro

Die Halbhexe Aria wünscht sich nichts mehr, als mit den Menschen harmonisch zusammenzuleben. Als sie den verletzten Drachen Leo bei sich aufnimmt, ahnt sie nicht, dass er sich mit einem Paktschwur an sie binden wird. Nun steht Aria zwar ein eifriger, aber auch übermäßig beschützender Diener zur Seite, der »zum Wohle« seiner Herrin allerlei Chaos anrichtet ...

altraverse

Deutsche Ausgabe / German Edition
© Altraverse GmbH – Hamburg 2024
Aus dem Japanischen von Sakura Ilgert

AZFAREO NO SOBAYONIN by Shiki Chitose
© Shiki Chitose 2016, 2017
All rights reserved.
First published in Japan in 2016, 2017 by HAKUSENSHA, Inc., Tokyo.
German language translation rights arranged with HAKUSENSHA, Inc., Tokyo
through Tuttle-Mori Agency, Inc.

Redaktion: Joachim Kaps
Herstellung: Cathrin Hamester
Lettering: Vibrant Publishing Studio

Druck: Nørhaven A/S, Viborg
Printed in Denmark

www.altraverse.de